高平关

Gao

Ping

Guan

毋福珠——著

山西出版传媒集团

山西人民出版社

图书在版编目（ＣＩＰ）数据

高平关/毋福珠著. — 太原 ： 山西人民出版社，2024.1

ISBN 978-7-203-13132-8

Ⅰ．①高… Ⅱ．①毋… Ⅲ．①长篇历史小说－中国－

当代 Ⅳ．①I247.5

中国国家版本馆CIP数据核字(2023)第212039号

高平关

著　　者：	毋福珠	
责任编辑：	吕绘元	
复　　审：	刘小玲	
终　　审：	李　颖	
装帧设计：	尹志雷	

出 版 者：	山西出版传媒集团·山西人民出版社
地　　址：	太原市建设南路 21 号
邮　　编：	030012
发行营销：	0351—4922220　4955996　4956039　4922127（传真）
天猫官网：	https://sxrmcbs.tmall.com　电话：0351—4922159
E—mail	sxskcb@163.com　发行部
	sxskcb@126.com　总编室
网　　址：	www.SXSKCB.com

经 销 者：	山西出版传媒集团·山西人民出版社
承 印 厂：	山西省教育学院印刷厂

开　　本：	890mm×1240mm　　1/32
印　　张：	8.25
字　　数：	150 千字
版　　次：	2024 年 1 月　第 1 版
印　　次：	2024 年 1 月　第 1 次印刷
书　　号：	ISBN 978-7-203-13132-8
定　　价：	58.00 元

如有印装质量问题请与本社联系调换

目　录

第一回

五城司捉拿赵匡胤　三兄弟夜窥高平关

话说唐朝灭亡之后，华夏大地形成了五代十国纷争的政治格局。单就北方五代来说，他们在这种风云变幻的乱世之秋，各自聚兵逞强，发展到自建国家，自称帝号，后梁、后唐、后晋、后汉、后周等五个朝代的开国之君，都是起于藩镇，靠军功威望和军权实力取位，兴于中原纷争，瞬间而兴，又都瞬间而亡，存在的时间都不长，五国相加也只有五十二年；契丹、吐谷浑、沙陀等几个北方民族，也趁机南侵，为中原添了不少乱子。后晋天福十二年（947）夏秋之节，契丹灭后晋，河东节度使刘知远趁势起兵太原，登基称帝，建立后汉国，史称后汉太祖，都汴梁（今河南开封）。

刘知远原是沙陀部人，生长于太原，出自行伍，佐后唐、后晋两代，戎马倥偬，战功赫赫。今成为后汉国皇帝，册立妻子李三娘为皇后，封皇子刘承祐为太子，封右都押衙杨邠为枢密使、中书侍郎兼吏部尚书、平章事，又以北京节度使史弘肇为侍卫亲军都指挥使、平章事，以两使都孔目官王章为三司使、平章事，其余如孔目官郭威等也都量才晋封了职爵。各藩镇州府纷纷送礼祝贺，更有南唐国主送来十八名美女。这些美女，不但容貌娇丽喜人，而且能歌善舞，把太子刘承祐等几个皇子和一些僚佐诱惑得神魂颠倒，迷恋其间。他们称这些女子为女乐，主张纳入嫔妃之列，住到后宫掖庭，遭到刘知远和李皇后的极力反对。

让这些女乐住到哪里为好呢？太子刘承祐叫来丞相苏逢吉（刘承祐岳父），两人商量半天也没有想出好办法，便联袂来到寝宫觐见刘知远。苏逢吉弯腰两手相接前拱深揖一礼，开言道："让这些女乐住进后宫是不合适，但又不能不给她们一个住处，臣想另建几座屋子给她们住，一来不与宫掖嫔妃混杂，二来也便于臣僚们进出观看女乐歌舞演出，请陛下酌量可行不可？"

近一个月以来，刘知远身体欠佳，不能正常理事，便将一些十分紧迫之事委托给枢密使杨邠、三司使王章和丞相苏逢吉办理。此时，在地下踱步的刘知远问太子刘承祐："你也是这个想法吗？"

时间不允许刘承祐想好说什么才应答，他心慌得向前一倾躬下身去："儿臣附议丞相之见，就看父皇是何主意了？"

刘知远停下脚步，沉默良久，转身对苏逢吉道："国朝初建，资财紧缺，要建也只能建些简便的房子，你酌情选址办理去吧。"

苏逢吉揖礼告退，刘承祐也告退出来追上苏逢吉。二人踏着初秋午后的路面，转到清河门外，看了看这一带的地理环境。这里住户稀疏，有些小土丘上密被花草树木，清河水从旁边流过，小桥流水，风清气爽，二人默契地点了点头。

很快，一座崭新称意的勾栏院落成，美其名曰长春园。刚把女乐们安顿进去，太子刘承祐和刘知远的几个皇子就日夜钻进园子里，醉生梦死；一些臣僚也放下政事，跑到勾栏院来寻欢作乐。正直的朝臣们实在看不过眼，联名动本奏闻朝廷，呼吁拆除勾栏院。只是这些奏章都落到苏逢吉手里，他心虚害怕，就先呈给太子刘承祐看。刘承祐先是一惊，随又一怒，惩戒了几个臣僚，想把反对的声音压下去。没想到事与愿违，那些人干脆连奏章也不写了，直接去觐见刘知远，面奏勾栏院是座害人院，建议朝廷下令拆除。

由此，刘知远才知道有座勾栏院，马上让史弘肇护驾，乘步辇来到清河门外的勾栏院一看，怒道："这苏逢吉竟敢违背朕意，耗费资财建造这等豪华奢靡之园，真乃可恶至极。史爱卿你速传朕口谕，命武士收捕苏逢吉斩首。"

史弘肇沉吟良久而不语。

步辇上的刘知远喝道："你没有听见朕的话吗？"

史弘肇施礼道："臣以为不妥。他是陛下您的儿女亲家，斩了他，让太子妃记恨您一辈子吗？"

刘知远沉下头叹了一口气，抬手朝回去的路面指了一下，步辇调转方向回到广政殿，让人传旨诏见太子刘承祐。刘承祐得知被刘知远诏见，满脸诧异，犹豫不肯前往，让苏逢吉替自己去。刘知远一看是苏逢吉，满脸愕然，问道："你来做什么？"

苏逢吉为刘承祐遮掩道："皇后诏太子殿下有事，臣就替他来了。"

刘知远道："就当你说的是真的，朕问你，当初商议女乐住处的时候，朕是如何说的？"

刘知远问话的语气，让苏逢吉心下一惊，他小心地回道："陛下您吩咐只能建些简便的房子。"

刘知远用右手食指指着苏逢吉大声反问："那你建的是简便的房子吗？"

毕竟是自己错了，苏逢吉的头低了下去，嘴唇哆嗦着道："臣有罪。"

刘知远怒目而视苏逢吉："你胆大妄为，挥霍资财，大兴土木建勾栏院，按律当斩，朕念你初犯，姑且留你性命。下去传朕口谕，差遣虎贲兵把守勾栏院门，不论帝王公子，还是朝廷僚佐，暂且一律不准进勾栏院，待朕考虑是拆除勾栏院，还是遣返女乐回南唐的事定下来之后再议。"

受到这般苛责，苏逢吉心里自然很不畅快，又不便说别的，低沉沉地回了一句"臣领旨"，倒退三步转身出了广政殿。他先去安排了派遣虎贲兵卒把守勾栏院门的事以后，因为愁于没法说服刘承祐，只好以偶有小恙为由，窝在家里不见宾客。"病"到第三天半夜，他还在思虑说服刘承祐的办法时，勾栏院就出事了——他的大儿子苏麟的侍卫跑来报说女乐全被人杀死了。

听了此报，慌得苏逢吉连忙穿衣而起，急问："知道凶手是谁吗？"

侍卫答道："殿前赵指挥使赵弘殷的大公子赵匡胤。"

"赵匡胤，"苏逢吉嘴里这么说着，猛地一提嗓门吼叫起来，"快，快把你的坐骑让给我，我去禀报陛下。"

苏逢吉来到寝宫见驾，如实奏报了赵匡胤杀女乐之事。卧榻上的刘知远怒颜而起，重复说着"无法无天，无法无天"，大手向前一指，命道："你速传朕谕旨，让五城兵马司出兵捉拿钦犯赵匡胤。"

赵匡胤表字元朗，河北涿郡人氏，现住汴梁双龙巷，时年二十岁，方脸大耳，相貌奇伟，豁达大度，武勇豪侠，胸中自有一番天地。后晋开运二年（945），赵匡胤云游关西，拜师访友，习文练武，起身东归已是后汉乾祐元年（948）。今天来在京城汴梁城西酒楼吃饭饮酒，听见旁边的客人骂骂咧咧说着什么勾栏院、女乐之类的事情，就凑将过去，问了一些相关事体，觉得这般儿女情长、英雄气短地下去，必致国势日非，民怨沸腾，后汉国的江山还能持续多久？他轻摇下颌站起来，付了茶酒饭钱，回到家中拜见父母。赵弘殷听儿子说了一些关西之行的事后，便起身往书房走去，一抬脚一个踉跄，几乎摔倒。赵匡胤急忙起身去搀扶。不料，母亲出手一挡说，前日你父亲去街市摔了一跤，伤了腿脚，倒也无大碍。

明显看出母亲说话时眼神躲闪，赵匡胤心里有些疑惑。几天后，妻子贺金蝉对他说，爹的腿是被打伤的——赵弘殷联络几位大臣上本奏说拆除勾栏院遣散女乐，结果惹怒了太子刘承祐，刘承祐便假传太祖刘知远口谕要收捕赵弘殷问罪，多亏众朝臣劝阻，只打了四十御棍，因此两腿疼痛，走路艰难。听妻子说到这里，赵匡胤不禁大吼一声："刘承祐，我要让你知道我们老赵家不是好欺负的。"

他气咻咻地站定，想着要不我今夜就先摸进勾栏院去，把刘承祐最心爱的大小二雪杀了，为父报仇。

待妻子贺金蝉熟睡之后，赵匡胤悄声穿衣起来，带上宝剑出了屋门。他从小在汴梁城长大，这里的大街小巷，没有他不熟悉的，很快便来到勾栏院门口，看到苏逢吉的两个儿子苏麟、苏豹领着虎贲兵卒守在那里。看见赵匡胤来了，苏豹手握腰间剑柄问道："赵匡胤，你不知道陛下有旨，这里不许进去吗？"

面对苏豹，赵匡胤先施一礼站定了道："我怎会不知，太子殿下差遣我来知会二位美人，他今晚要来此过夜。"随又倾身挨近苏豹道："你要是不相信，现在就可以去问太子殿下。"

苏麟看了赵匡胤一眼，转身对苏豹道："我看他也没那个胆量说谎，让掌院大太监领他去吧。"

掌院大太监领着赵匡胤来到女乐们住的楼下，喊了两声，就见下来两个女子。赵匡胤问谁是大雪，站在前面的女子说她就是。赵匡胤听了，再也忍不住一腔怒火，拔剑出鞘，一剑便把她刺死。后面的小雪刚喊了一声"贼徒杀人了"，赵匡胤的剑就戳进了她的胸膛。赵匡胤拔出宝剑想往外走，勾栏院当差的一干人众和苏氏兄弟领着虎贲兵卒冲了进来。赵匡胤杀不出去，便往楼上退。上面的那些女乐拿起桌椅板凳往下砸赵匡胤，腹背受敌的赵匡胤索性上得楼来，朝着砸他的那些女乐杀去。顷刻间，那些女乐都死在了他的剑下。赵匡胤从窗户跳到不远处的树上，溜下去到了街巷。这里现在全是五城司的兵马，执枪提刀喊着"捉拿赵匡胤"。赵匡胤此时想尽快脱离险境，但怎么也敌不过围在周边拿着长枪和大刀的那些官兵。

事态紧急，赵匡胤眼看就要落入官兵之手了，身后忽然有人对他大叫："公子接兵器只管往前走，我二人断后。"

赵匡胤接过兵器一看，正是他惯使的盘龙棍。他顾不得说别的话，只道："朋友，后会有期。"

说罢，赵匡胤一根盘龙棍抢将开来，蹚出一条血路，顺了西华街朝着西华门而来。这是西出的其中一道城门，城门紧闭，有兵卒把守。赵匡胤正发愁如何出去的时候，不意旁边杀出一条八九尺高的黑大汉，像黑煞神下凡，拉了赵匡胤就往前走，赵匡胤问他："你要拉我去哪里？"

黑大汉道："出城呀，你不是要出城吗？咱受人之托来救红脸人赵匡胤，你是赵匡胤吧？"

听他这么一说，赵匡胤点了一下头。黑大汉一手拉赵匡胤，一手执铁扁担，二人快到上城墙的梯道时，又围上来一群官兵，其中一个骑马的将官，挥枪一指喝道："赵匡胤，五城兵马司守备都尉陈兴在此，还不下跪伏绑！"

黑大汉两眼一斜道："啥鸟守备司都尉，跪你没工夫，招打！"

一扁担打将下去，那陈兴连人带马被打成了一堆肉。旁边的官兵都吓傻了，回过神来赶紧跑，被丞相苏逢吉和五城兵马司副守备使孙清他们给拦了回来。苏逢吉朝着那些兵卒道："跑什么跑，都给我杀，捉拿赵匡胤！"

眼见得那些兵卒又涌了上来，黑大汉铁扁担横扫，扑通扑通倒下了五六个。黑大汉边挥舞着扁担边吼道："不要命的过来，要命的都给咱闪开！"

黑大汉的吼声有点瘆人，兵卒们吓得不敢上前直往后退。苏逢吉让孙清往前冲，但孙清并不想捉拿赵匡胤，他还想让苏逢吉死在黑大汉的铁扁担下，便道："丞相，您的功夫比我高十倍，还不在这里露一手？您打头，我随后。"

害怕黑大汉的那根铁扁担，苏逢吉不敢向前冲。有的兵卒要往前冲，孙清暗使手势阻止了他们的脚步。黑大汉保着赵匡胤顺梯道上了城墙，从豁口跳出城外逃走了。

闹腾了大半夜，也没有捉住赵匡胤。次日刘知远设朝广政殿，苏逢吉跬步上前奏道："陛下，赵弘殷管教不严，纵子行凶。赵匡胤杀死女乐一十八口，又打死了五城兵马司守备都尉陈兴和许多将士，应该收捕治罪。"

苏逢吉的话音刚落，就见从班列里出来一位大臣，他叫史弘肇，郑州荥泽人，严毅寡言，勇武敢为，现任侍卫亲军都指挥使、平章事，他大声问苏逢吉："自古以来，一人做事一人当，儿子犯法是儿子的事，赵指挥使有何罪？"

两种意见针锋相对，臣僚们开始争论起来。刘知远赶忙伸手压了压下面的争论声道："史爱卿所奏有理，历代王朝一人犯罪株连九族的事虽史不绝书，但我朝不能冤枉无辜。现在要做的是拟定通缉布告发至州县，继续捉拿钦犯赵匡胤。苏爱卿，你敦促相关衙署速去办理。"

苏逢吉俯首道："臣领旨。"

逃出京城汴梁，赵匡胤和黑大汉不停脚步跑了几十里，阳光洒满大地之时才歇了。赵匡胤看一眼黑大汉，两手相接前拱揖礼道："谢壮士相救之恩！"

黑大汉扶起赵匡胤道："谢什么，不必这般客气！"

赵匡胤道："请问壮士哪里人，叫什么名字？"

黑大汉施礼道："咱应州人，姓郑名恩，字子明，小名黑娃，自幼父母双亡，流落江湖，以卖油为生。"

赵匡胤又问："你说你受人之托来救我，请问壮士受何人所托？"

似乎不知道该不该把名字告诉赵匡胤，郑子明想了想才道："一个算卦的老道，名叫苗光义。昨天黄昏时分，他找到咱，说他算出来了，今晚京城有一个人有大难，想救他但人手不够，让咱帮帮忙，咱就答应了。可是咱不认得这个要救的人，苗光义说是个红脸大汉，叫赵匡胤。他让咱二更天从西城豁口爬墙进去，就等在西华门里接应，说看见红脸大汉，就是要救的人。他还说你有出息，救出来以后，让咱就死死跟着你。今后咱俩就在一块了，你是兄长，咱是小弟。"

经他这么一说，赵匡胤就感到奇怪了，这苗光义真的能掐会算吗？他是不是从我爱抱打不平猜想到的呢？想到这里，赵匡胤问他："你就这样爬墙进去了？"

郑子明点点头道："咱扒着城墙上的豁口上去，巡逻的兵卒手中长枪一拦，喝道：'什么人？'咱答卖油的。兵卒说下面正捉拿钦犯，你不能下去。咱把铁扁担往他肩膀上一搁，他被吓得哎呀一声跪下，改口说'能下，能下'。咱哈哈大笑收起铁扁担，顺梯道就下去了。"

赵匡胤笑了笑道："你用铁扁担把他给征服了。"

郑子明道："他怕死，就不再阻拦了。"

此时，忽见路上来了一些人，以为是追兵，二人赶紧起身就走。连续走了几天，来到了石峰山。山大王向二人索要买路钱时，朝赵匡胤看了一眼。这一看不打紧，慌忙跪下磕头相迎，自报家门说他们兄弟叫董龙、董虎，说清晨有个老道告诉他们有位英雄此时打这里经过，他们的前程就在这位英雄身上，要他们好生招待。于是董龙、董虎把赵匡胤、郑子明接到山寨住了数日，临走时赵匡胤嘱咐董氏兄弟且驻守在那里，设法聚集万儿八千的兵马，遇急的时候他来搬兵一用，董氏兄弟满口答应。

二人重新上路，来到陶然县地界。因为时值盛夏，热浪滚滚，郑子明走得干渴了就进地里摘来农家的西瓜吃，结果被西瓜的主人陶洪陶九公的女儿陶三春看见了，要西瓜钱，郑子明不给，双方就打了起来。

这地方叫陶然口，陶九公是这一带有名的武术大师，生有两男陶刚、陶强和一女陶三春。论力气，郑子明比陶三春力气大，可是他吃了人家的西瓜，输了理，面对的又是一个女子，男不跟女斗哩，他怎好意思出手呢？熟读兵书、一身武艺的陶三春得理不饶人，一脚踢在郑子明膝窝处，郑子明跪倒在地，陶三春左右开弓打郑子明的脸。郑子明道："小时候，咱娘打咱，打的是屁股，你怎么要打咱的脸呢？"

陶三春扑哧一声笑了，忙抬手捂了一下嘴巴道："本姑娘我就爱打脸。"打累了，她让两个侍女接着打，直把郑子明打得口鼻流血才带回家。陶三春叫来两个家丁，让他们把郑子明看管好了，交代他俩说明天把郑子明交给县衙。郑子明问道："历来打了不罚，罚了不打，你已经打了咱，还要送县衙，哪里有这等规矩！"

陶三春道："本姑娘兴的就是这个规矩，你不服也得服！"

随后赶来的赵匡胤，一进陶家大门，就看见郑子明背靠墙蹲在地上，两手抱腿，头碰膝盖，不住地叫喊："哥，救黑娃。哥，救黑娃。"

赵匡胤先没理他，款步走进庭屋。陶九公头戴纶巾、身穿紫袍施礼相迎，问道："你是？"

赵匡胤报了姓名，手指敞棚下的郑子明道："他是在下的弟弟，吃了你家的西瓜，给你家造成损失，我代他向您赔礼道歉。"赵匡胤相接两手前拱作揖之时，陶刚、陶强领着苗光义进来。

原来今天陶家兄弟在酒楼吃酒，苗光义也来到酒楼，吆喝道："算卦，算卦。"

陶刚道："你算算我家有几口人。"

苗光义掐指一算道："母亲过世父在堂，兄妹三个忙家常，对吧？"

陶刚听了，笑而不语。

陶强道："你再算一下，我爹这会儿在做什么？"

苗光义皱眉略一想道："红脸贵宾临家门，你爹正在待客人。"

陶强邀请苗光义到他家，看看他父亲是不是正接待客人。苗光义这就也到了陶家。

苗光义与陶九公、赵匡胤见过礼，对陶九公说这位红脸大汉是赵匡胤，京城大闹勾栏院杀死十八个女乐的事就是他干的。还说他已看过天象，将来平息五代战乱统一天下者非赵匡胤莫属。陶九公一开始不相信，陶刚就把方才酒楼算卦的事说给他听，他才暗自称道苗光义精于掐算，又善识天象，放了那个黑大汉，给赵匡胤个面子，日后兴许能关照一下两个儿子。赵匡胤起初也不大相信，自己与苗光义素未谋面，他是怎么知道自己会被困住，让郑子明去救，真可谓神机妙算，这又让他对苗光义深信不疑。

陶九公让陶三春撤了看守的家丁，郑子明来到庭屋上前给陶九公施礼，又与苗光义见礼毕，一旁坐了说话。苗光义感觉陶三春非一般女子，将来赵匡胤打天下也需要这样的女将。想到这里，他便说陶三春和郑子明是天造地设的一对，让陶九公将陶三春许配给郑子明，来日必然大富大贵。

陶九公与女儿商量婚事，陶三春含羞一笑，算是答应了这门亲事。众人正在设宴贺喜，突然外边喊声大起：
"捉拿赵匡胤！"

来捉拿赵匡胤的是五城兵马司副守备使孙清。他对刘承祐、苏逢吉之祸国殃民的行径很是反感，受命捉拿赵匡胤来到了陶然县，准备应付一下回去交差，然而节外生枝，有人想得赏钱，跑到县衙报告说赵匡胤在陶九公家。孙清只好领兵前来，还没到陶九公家门口就嚷嚷，来了个假捉真放。陶九公吩咐家丁前门迎官兵，后门放走了赵匡胤、郑子明，还拿出五十两银子让他们路上用。

跑了一夜，二人又乏又饿，天明后想寻一家小店休息吃点饭食，却见天空云生雾长，送来蒙蒙细雨。雨下一个汉子推着一辆木轮车叫"卖伞，卖伞"，车轮陷进一个泥坑里，半天也推不出来。赵匡胤见此情形，和郑子明一起动手把木轮车推出泥坑。卖伞人拱手揖礼道："多谢二位相助。"

赵匡胤忙还一礼道："都是出门人，有难互相帮助是应该的。"

卖伞人暗暗感叹，自己遇上了这般好人，便问："二位是何名姓，要去往哪里？"

本不想道出名姓的赵匡胤还在想如何回答时，郑子明却接口道："咱是卖油的，叫郑恩，字子明，小名黑娃，咱兄长是大闹勾栏院杀了十八个女乐的赵匡胤。"

卖伞人听了，连忙躬身施礼道："原来是当朝殿前指挥使赵公的公子啊，今日得遇英雄，是在下之幸。"

赵匡胤道："我是朝廷通缉的要犯，仁兄快不要这般说。"

卖伞人对赵匡胤道："在下虽是做小本生意的穷苦百姓，但若他日时来运转，身居九五御国安天下，我会将你这位大英雄供奉起来。"

有道是人穷志不短，这才叫英雄。赵匡胤发现卖伞人虽然是个商人，却也谈吐不俗，有政治家的胸怀，来日定会做出一番功业，便有心与他结拜，这便问道："敢问仁兄何方人氏？"

卖伞人随口答道："邢州隆尧人，姓柴名荣，字君贵，父亡家败，以贩伞为业。"

赵匡胤道："仁兄，你我一见如故，若不嫌弃，你、我和郑子明三人结拜为生死兄弟，如何？"

那柴荣先是愣了一下，接着转向赵匡胤，觉得现下自己一介草民，能与赵匡胤、郑子明这样的人结拜，实属幸事，忙施礼道："我柴荣高攀了。"

赵匡胤面带微笑道："仁兄言重了，既结拜，就如一母同胞，有甚高攀不高攀的。"

郑子明高兴地拊掌道："好，咱巴不得有个兄弟呢！可是这无香无炉如何结拜？"

赵匡胤道："这好办，咱们拢土为炉，插草棒为香。只要心诚，一辈子不背兄弟之情就行，有没有仪式不重要。"

征得他俩同意，赵匡胤很快拢起土堆，柴荣采了三根草棒插上去，三人一起跪下，面对自做的香炉各自报出姓名、年龄，柴荣居长，赵匡胤老二，郑子明是三弟。结拜毕，找了个酒楼吃饱喝足之后，三人起身来到董家桥，打死霸占此桥的恶人董达。赵匡胤让柴荣、郑子明在桥北面的黄土坡等他，自己去雷首山看望姑母，恰逢姑母到京城娘家去了。赵匡胤回程路过孟家庄，来到一家酒楼坐下，叫道："掌柜的，端热酒三角、猪肉一盘上来。"

掌柜的施礼道："客官，对不起，热酒、猪肉不是卖的，村里长老有交代，专供黑吃大王吃的。"

赵匡胤发怒，伸出拳头就要照掌柜的打下去。掌柜的吓得战战兢兢说，黑吃大王一身通黑，力气过人，打死一头大鹿精，为村里除妖有功，长老们才安排要这般厚待他。赵匡胤听了，想到这个黑吃大王是郑子明，掐了宝剑找到庙里一看，正是他。赵匡胤拽了郑子明的耳朵出了孟家庄，来到黄土坡，问柴荣："大哥，你怎么放三弟到外村去了？"

柴荣听了，赶紧给郑子明递了个眼色。在许多人的印象中，郑子明是个粗人，但他粗中有细，当下会意道："不是大哥放咱黑娃出去的，是黑娃到外面闲逛迷了路，误入孟家庄。"

赵匡胤不再追究，只道："大哥，咱们三人如今往哪里去为好？"

柴荣已有想法，把目光从天空流动的云那里收回来道："二位贤弟，为兄我想放下贩伞的生意，往东去邺都。我姑父郭威是驻守邺都的兵马元帅，麾下兵马不少，想借他些兵马去为我爹报仇。"

郑子明问："大哥，你不是说你爹也是个贩伞的吗，他怎么了？"

说起往事，柴荣的声音低沉下来，缓缓说道："我爹叫柴守礼，那年贩伞到高平关，因一时交不起税钱，被镇守高平关的总兵高行周杀害了。"

在五代纷争的战乱年代，郑子明只是个卖油郎，但是自从参与了救赵匡胤的事之后，他的言语行动和过去就大不一样了。这时他说道："小弟以前没有打过仗，在京城助二哥与官兵较量，觉得挺好玩的。大哥，你不用去借兵，慢说一个高行周，就是三个五个又算得了什么？凭二哥的盘龙棍加上咱黑娃的铁扁担，还怕杀不了他？"

赵匡胤抬手示意郑子明不要随便说话："三弟，休要犯粗，那高行周可不是等闲之辈，随大哥去借兵是对的。"他身体半转朝向柴荣又道："大哥，我们去邺都要往东走，不如往北绕道高平关，看看是何阵势？"

柴荣屈眉略一想道："就依二弟之见。"

兄弟三人晓行夜宿，来到高平关西门外已是第五天的傍晚。这里没有村落店铺，靠路边有座寺庙模样的院落。他们走进去，柴荣上前朝一个穿僧袍的人深施一礼，说我们想在此过夜。那人恰是这里的住持，他将右手四指并拢往胸前一竖，说本寺佛门之地，不是客栈，说完就往里走。柴荣朝他背影又施一礼，说我们是往东边去的，错过了客栈，还望住持以慈悲为怀，在贵宝刹借宿一晚。

那住持转身回来，对他们细细打量一番，将他们领进一间空屋安顿下来。三人放下行李，吃过干粮，悄悄出了院门，摸上北面的山头朝下眺望，夜幕下的高平关左深涧、右峭壁，南北两峰对峙，隘口处设关置城，关城相连，中间一条道路可通车马。此刻，关城灯火明亮，城墙堞垛和城里面的房舍、道路隐约可见。赵匡胤看着这座古老而雄伟的关隘，对柴荣道："此地叫老马岭（因秦将王龁的"走老了马"一语而得名），在高平县西南部。据相关史书记载，战国时长平之战秦军于此构建假粮仓，诱骗赵军，所以这里也叫空仓岭。后来高平设郡，此隘口故称高平关。这里北达燕赵，南通伊洛，西接河东，素有'据天下之脊，当河朔咽喉'三晋第一关之称，历为兵家必争之军事要冲。此关险要，又有重兵镇守，小弟以为攻打此关不易，需从长计议。"

急着要打仗的郑子明摆动一下手中的铁扁担道："咱手里有这个，这就可以去叫关，有什么可计议的？"

柴荣正发愁如何借得兵来，被郑子明的一番话弄得哭笑不得，他深吸一口气道："三弟，你莫急，待有了兵，差遣你打头阵。"

郑子明道："咱黑娃听你的，二哥作证，到时候你可不要反悔。"

这个时候，好像每个人都把打进高平关的难度忘了，赵匡胤笑笑道："你放心，大哥是君子，怎么会反悔呢？"

三人从山上回来，屋里又住进来两个人，百姓装饰，但又不像百姓。站在前边的那人一副很恭敬的样子，两手相接前拱揖礼道："敢问客官从哪里来，一路还顺利吧？"

赵匡胤眼睛余光扫见郑子明咂了一下嘴，怕他说漏了底，赶忙还礼道："从西边来，一路上没有遇上什么事。"

双方都在察言观色，那人打量了赵匡胤一眼道："汴梁出了杀女乐人命案，到处在捉拿钦犯赵匡胤，你们有没有听说？"

揣测问话的意思，不一定是看出了红脸人就是赵匡胤，因此赵匡胤心不慌、语不乱地道："倒是前几日曾碰到过盘查的，不知道是在缉拿杀人犯赵匡胤。"他瞥一眼对方，又道："今天走了百十里，虽说山僻径幽，人烟稀少，却也过了些村庄山寨和关卡，没遇到什么盘查的。"

这时，在门外踱步的住持插话道："这关上的高元帅说赵匡胤杀女乐，是功不是过，把朝廷发来缉拿赵匡胤的告示扔到火盆里烧了，下令各州县不许缉拿赵匡胤。"

郑子明听了住持的话，一股火性站起来，大声道："咱本人要是去京城的话，上一道本章，把姓高的这话奏闻朝廷，够他坐个三年五载的了。"

柴荣暗竖大拇指，对郑子明道："休得多言，听这位客官说话。"但是，那人没有再说什么。

这一夜，谁都没有睡好。

天刚亮，那两人不辞而别。赵匡胤悄悄跟出门外，看见二人进了高平关，他们是关里的军人。昨晚柴荣他们来到庙里之后，住持就暗中差遣弟子向高行周做了禀报，高行周遂派遣领侍卫头领李奇带了一个侍卫来侦察。

高行周字尚质，妫州怀戎军（今河北怀来）人，出身行伍，五代时期名将，历后唐、后晋、后汉、后周四朝，多有战功。此时，高行周端坐于帅堂虎座上，李奇带着侍卫禀报一声进得门来。高行周不待李奇和侍卫行礼，便迫不及待地问："是不是奸细？"

回想昨晚的所见所闻，李奇摇摇头道："是一个书生模样的人带了两个仆从。这两个仆从像唱戏的净角，红脸人带一柄宝剑、一根盘龙棍；黑脸人拿一根铁扁担，粗鲁狂傲，还骂了元帅您几句难听的话。"

盘龙棍让高行周在意起来，他说道："我在哪里见过盘龙棍，一时又想不起来。这些人怕是有些来头。"

李奇问："元帅，裨将带兵去把他们擒来审问如何？"

这时高行周还在想盘龙棍，没有点头，李奇就没敢再问。

却说赵匡胤他们吃过斋饭，向住持告辞，住持问："你们也过关呀？"

一句话把赵匡胤问得动了思量：一是怕过关有麻烦，二是听说此关城只有两道门，想看看东门是什么情形，便领着柴荣、郑子明来到东门，骋目看远近山川地势和路径。城上的守将跑到帅堂报说，东门外有三个人，看了城上看下面，转回身来又看城墙，不知要做什么。高行周听了，叫上副元帅乐元福和李奇来到东门城墙上向下看，李奇道："正是昨晚借宿寺庙的那三人。"

历史给了郑子明一个叫阵的机会，他喊道："城上站着的可是高行周？快来与咱战三百回合！"

乐元福问道："你是何人？"

郑子明答道："卖油的。"

乐元福道："卖油的，只管卖你的油去，在这里胡乱叫嚷什么？"

郑子明拿起铁扁担一指道："咱卖油本小利微，交不起税钱，咱想取高行周的人头去顶税钱。"

李奇看着高行周充满怒气的脸色说道："元帅，这个黑大汉太狂妄了，待我去擒来狠狠教训他一顿。"

高行周沉沉吁出一口气道："那人是个狂徒，无须理他。"

说完，李奇扶着高行周和乐元福下城去了。郑子明拿着铁扁担去打城门，城上乱箭齐发，柴荣、赵匡胤忙上前把他拖将回来，离开高平关。

第二回

为报父仇柴荣投亲　偶听外号郭威生疑

三人来到邺都，打听到了郭威军营营址，柴荣去投亲，赵匡胤、郑子明觅一家客栈住下来，等候他的消息。

　　柴荣顺着街巷来到军营辕门，兵卒守卫森严，心想这些兵卒横眉竖目的，能让我进去吗？就听见有人在问："你是不是来投军的？"

　　见柴荣没有回答，兵卒对他喝道："喂！你也不看看这是什么地方？快滚开！滚开！"

　　不由分说，兵卒们将柴荣推离开辕门。柴荣沿着门右边营房的墙走出去不远，看见一处旁门，也有兵卒在守。他上前施一礼，让那些兵卒向里边通禀，说有元帅亲戚求见。兵卒们不理不睬，双方吵嚷起来，惊动了里面的柴荣姑母柴一娘，她命侍婢去看看外面发生了什么事。侍婢看了回去道：“外面来了一位客人，说是夫人您的亲戚，要见元帅和您。”

柴一娘当下一脸喜悦道：“老身的亲戚？莫不是娘家人来了？”她想了一大阵子，又对那侍婢道：“你再去问一下，如果那客人姓柴，你便领他进来。”

侍婢出去询问，柴荣道：“我叫柴荣，是郭元帅夫人的侄儿。”

侍婢听了，两手叠在腹前行一肃礼，让出手势领了柴荣进得屋来。相互间自然是认得的，柴荣双腿一屈跪下道：“小侄柴荣拜见姑母。”

柴一娘略一打量，深哈下身去把柴荣扶起，又看一眼“丁”字脚站着的柴荣，赶忙拉他坐了，两眼含泪道：“荣儿呀，你可来了，老身我想娘家人都快想疯了。自打你姑爹接我来到军营，再没有见过娘家人。”

这时的柴荣也两眼泪汪汪道：“小侄早想来看望姑母、姑爹的，碍于山高路远，多有不便，这才来到姑母您的身前。”

抹去眼泪的柴一娘道：“你有二十了吧？老身我离家

那年你十岁，又小又瘦，你娘说这年头兵荒马乱，家里又缺吃少穿，啥时候才能把你养大呀！十年了，你终于长大了，成家了吗？"

柴荣半晌没有回答。他此时来，是想借兵为父报仇，也想借郭威的威望谋个差事，再娶妻成家，便说道："回姑母，小侄这般光景，哪里谈得上成家的事。"

见柴荣低下了头，柴一娘道："没有也好，姑母在这里先给你找个事做，随后选个良家女子为你办喜事。"

姑母的这番话，说得柴荣心里热乎乎的，他倒身下拜道："那就全仗姑母您了，谢姑母！"

侍婢端来茶水，递到柴荣和柴一娘手上。柴一娘放下茶杯问道："荣儿，你来了，你爹他为何不来看我？"

令柴一娘没有想到的是，她的话惹得柴荣哭泣起来。哭了一阵后，柴荣把父亲死的过程说了出来，还说他娘也因父亲之死气愤而亡。柴一娘听了也泪湿衣襟，却又马上镇定下来安慰柴荣道："荣儿，待我说于你姑爹，抽个合适的时机，提兵攻打高平关，杀了高行周为你爹报仇。"

柴荣站起来问道："姑母，我姑爹在前面的帅堂吧？小侄当去拜见才是。"

柴一娘道："你姑爹这阵子在阻击契丹兵的阵前，你且安然住下等他回来。"

柴荣点头道："是。"

在河南怀县至野王一带，郭威领兵追击契丹大将耿崇美的路上，前锋将士突然停下来。郭威忙差遣侍卫骑马去打探，侍卫回来道："前面遇到一伙草寇，抢走了百姓的财物。镇守高平关的兵马元帅高老鹞，派兵打跑草寇，正在那里交还为百姓讨回来的财物。"

郭威叹道："唉，这等事，管他做什么？"他两眼一眨问道："高老鹞，谁是高老鹞？"

侍卫回答："高行周，元帅您没有听说过？"

郭威字文仲，邢州尧山人，二十岁左右曾与高行周在刘知远帐下共事，他从没有听说过高行周叫高老鹞，这时听了有点奇怪，就又问道："他怎的叫这个外号？"

侍卫微微笑着说出缘故来：高行周头顶长了个肉瘤，形状像一只卧在头上的鹞鹰。年轻的时候有人背地里叫他高鹞子，现今他人上了些年纪，高鹞子就变成了高老鹞，就这样叫开了。

偶然听到高行周的这个外号，让郭威心里很不舒服。因为两人外号犯相——郭威自幼丧父，随母亲生活在舅父家。十一岁那年秋天，在院子里晒谷子，麻雀来吃谷子，他两手拿两根棍子来来回回跑动轰赶麻雀，不小心把邻居家刚会走路的小男孩绊倒给摔死了。按刑法郭威当坐牢，但因为他年纪小执行不了，就在他腮帮子上刺了一只麻雀，让他接受教训，发配到边疆充军。也因为他年纪小，跟不上军队演练，常常掉队。领头的将领嫌他是个累赘，就让他自己选择留在军队还是离开，他便离开了军队去学武艺。却因为他腮帮子上有只刺配的麻雀，位置很明显，人们就不叫他名字，而是叫他郭麻雀了。鹞鹰是猛禽，麻雀是鹞鹰的捕食之物。因此郭威甚为忧虑，连追杀契丹兵的心劲儿也减去了一半，他命中军都尉道："速传本帅将令，后尾做前锋，收兵回营。"

带着这种忧虑往回走，郭威一路上闷闷不乐，回到邺都连帅堂都没有停留，就来到后屋看望结发之妻柴一娘。柴一娘向他施一礼，把他让到上座，见他脸色阴沉，忙问道："元帅，您这一仗是不是没有打好？"

郭威道："仗是胜仗，还追了耿崇美那厮几十里。"

柴一娘道："那您还有什么不开心的？"

满心的疑惧没法吐露，郭威先咳了一声才道："连日征战，身体困乏，今天好多了，不碍大事。"他用这样的言辞掩饰心底的真实疑惧，随后缓缓言道："我出征多日，家里平安吧？"

柴一娘还没有说话，送茶水的侍婢就笑着道："不光平安，还高兴呢！"

侍婢的话提起了郭威的心劲，他眉眼一转，盯住侍婢问道："高兴，有了什么高兴的事？"

侍婢自感不该嘴快，赶紧看一眼柴一娘，柴一娘转身叫了一声："荣儿，上前见过你姑爹！"

听说姑爹回来了，柴荣忙从后屋出来。见郭威略显老态，倒也身强体壮，不失武将的威风，柴荣抬脚前迈跪下拜道："小侄柴荣拜见姑爹。"

郭威向柴荣看去，只见他眉清目秀，一脸富贵之相，瞬间高兴起来，下腰伸双手将柴荣搀起来道："荣儿，前几年我就想安排人去把你叫来，但一直忙于军务没顾上。我膝下无子，舅父的后人又不成器，你来了，我可以把一些紧要之事托付于你。"

柴荣道："小侄一向做的是小本生意，姑爹您这里都是军机要务，怕一时担负不起。"

柴一娘听出话头来了，凑势道："元帅，您得委他个职衔，方能把事情做好。"

自以为柴荣可以成为自己的忠实帮手，所以郭威频频点头道："夫人所言极是。不过，军旅之事没有贩伞营生那么稳当，得有个适应过程。荣儿得好好学些带兵之法和治国之道，将来继承我的事业。"

其时，侍婢已按柴一娘吩咐备好酒席款待柴荣，三人畅饮漫谈，柴一娘有意哭天抹泪，把高行周杀死柴守礼的事重复了一遍，最后说道："元帅，您可得为我兄长报仇啊！"

郭威执酒爵在手，沉吟移时道："夫人不必悲伤，此事搁在我身上。"

一连数日，郭威都没再提为柴守礼报仇的事。这天，柴荣见郭威从帅堂回来进了书房，柴荣端了茶水跟了进去递到郭威手上，郭威接过茶碗喝了一口放到几案上问道："荣儿，你不只是来送茶水的吧？有什么事，说吧。"

借兵为父报仇，是柴荣来投亲的目的，他躬身深施一礼道："小侄想请姑爹借给我两万兵马去打高平关杀高行周，为我爹报仇。"

郭威呵呵一笑，马上阴了脸道："杀高老鹞可不是件容易的事。他出自将门，精于用兵，智勇皆备，风流盖世，是一代名将。他幼年是在母亲失夫的悲痛中敲打长大的，为报父仇，投师金刀禅师门下学习兵法战策，熟练阵图，通晓天文地理和国运兴衰。金刀禅师授予他马前神课，所卜之事，无一不准；他的回马枪天下无双，无人能敌。十三岁在鸡宝山打败杀他父亲的仇人后梁名将王彦章，逼得王彦章自杀。这样的名将，有几个人能杀得了他？"

趁着郭威喝茶的工夫，柴荣又道："小侄已结识两位英雄，武艺高强，其中一人在关西走一路打一路，没有谁能打得过他的。"

郭威大喝一口茶，放下茶碗道："若真如你所言，此人武艺不弱，他人今在何处？"

"武艺不弱"一词把柴荣说笑了，他道："暂且住在客栈。"看了看郭威表情又道："小侄东来的路上与他二人看过高平关地形，选择了进攻路线，就差几万兵马了。"

郭威嗯了一声道："要是这样，我可以考虑借兵给你。"

眼看就要借兵到手了，辕门守兵领了一位朝使进来帅堂，宣读诏书说契丹大将耿崇美北逃时，留下一彪兵马，在相州西南流窜，危及地方政权和百姓安全，命郭威出兵讨伐。郭威带兵出征，让柴荣随军中历练。只是这一彪敌兵是散兵游勇，战端一开就四散逃命去了。

出征归来，柴一娘把柴荣叫到身边道："你姑爹诚心栽培你，你可不要辜负了他的一片苦心。待你长了本事，就让你去打高平关。"

柴荣道："我不会让姑爹失望的……"

侍婢进来后屋请郭威去吃午饭，打断了柴荣的话。郭威从休息的地方起来，虚扶柴荣随了侍婢来到餐桌前，边吃饭边说打高平关的事，郭威道："荣儿，姑爹已吩咐赵修巳、魏仁甫两位将军，让他们把准备好的两万兵马调拨给你，带了去打高平关。到了那里打着看吧，打不下来就撤军回来，不要死心眼硬攻，那样死伤太多，记住了吗？吃过饭以后，你去北城外大营找他俩。"

柴荣点头道："姑爹，侄儿记住了。"

报仇心切的柴荣，没想到这么快就借到两万兵马，高兴得胡扒拉了几口饭，放下饭碗朝郭威先施一礼，又转身给柴一娘行礼道："姑母，侄儿这就出征去了，过几天回来。"

柴一娘扑通一声坐到地上，紧紧抱住柴荣的两条腿放声大哭："柴家就荣儿这一根独苗，倘若有个三长两短，叫我如何向死去的兄长交代呢？荣儿，我不会放你去的。"

多少年来困于没有兵马，现在有兵马了，又脱不了身，柴荣看向郭威，郭威对柴一娘道："你让他去吧，他身边有两个武艺高强的帮手，不会有事的。"

阵前输赢两说哩，柴一娘就是不放心，她跪向郭威道："元帅，请您收回成命，若不收回，我柴一娘今天就死在您面前。"

一股怜惜之情顿时涌上郭威的心头，他起身哈腰伸双手扶起柴一娘，然后坐回原位上道："荣儿，杀高老鹞是你的事，也是我的事，且缓一缓吧，待我腾出手来，亲自领兵去打高平关。"

郭威嘴上虽这么说，但心里还是惧怕高老鹞，时刻担心高老鹞会要了自己的命，连吃饭、说话都感到有只鹞鹰在自己上空盘旋。他心慌意乱，将手中的青铜酒爵和柴荣的酒爵猛一碰，大口吞了酒，耷拉下眼皮想着自己权力太小了，要是有皇帝的那般权力，发一道诏书叫他死，不就省事了。想到这里，他忽然一挺胸脯道："对，来个篡位称制叫他死。"

柴一娘哪里知道郭威此刻为杀高老鹞之事而激动成了这个样子，忙问道："元帅，您说什么？"

郭威一时答不上话来，想了一阵子才自嘲地微摇下颔，笑着道："饮多了，饮多了，胡言乱语起来了。"

柴一娘望着郭威略显红润的面颊，对柴荣道："荣儿，扶你姑爹到卧榻歇息去吧。"

柴荣俯首应道："姑母，是！"

这天早晨，郭威、柴一娘和柴荣一起吃早饭，饭香四溢，怎奈柴荣没有胃口，他站起来面朝郭威和柴一娘施礼道："小侄来了的这些日子，也没有到过街市，今日想去外面看看，不知姑爹、姑母以为可否？"

见柴一娘看向自己，郭威想到是让他点头的，便道："不要走远，午前回来。"

柴荣哪有心思逛街，他一出郭家的门，就来客栈将投亲郭家的情况说给赵匡胤、郑子明听："借兵的事，本来我姑爹已经同意了，但是姑母不放我，只好暂且搁下了。"

赵匡胤道："你姑母不放你去，以后我们自己想办法吧。"

借兵之事落空了，郑子明老大不高兴。他猛然站起来走到门口又返回来，站到赵匡胤身前，两手朝外一摊说道："二哥你有坐功，一屁股坐下去，能半天不动，咱黑娃坐不住啊！这几天把咱黑娃憋坏了，再憋下去，黑娃可要生病了。"

让郑子明坐下以后，赵匡胤道："大哥，你没有向你姑爹提起我和三弟吧？"

柴荣看一眼他二人道："没有，因为我也不知道是说了好，还是先不说好。二弟，你是什么想法呢？"

不等赵匡胤张口，郑子明道："以小弟之见，我们这就去见郭威那厮，投其麾下。如果二哥以为不妥，就返回西去孟家庄，那里日供茶饭夜供酒，有人伺候，自由自在，那才合乎咱黑娃的性体呢。"

赵匡胤摆手道："三弟之议不可取，现在去见郭威为时过早，重返孟家庄去过那种吃吃喝喝、无所事事的日子，会让人消沉堕落，一事无成。大丈夫立于天地间，求的是前程，干一番建功立业的大事，为国家效力。"

这话让柴荣再一次感到赵匡胤的雄心壮志，他是顶着被缉拿杀头的风险在向前走，柴荣道："按二弟你说的意思，那就随我去见见我姑爹？"

赵匡胤有点作难，他还是觉得不能急，便道："现在见你姑爹为时过早，我还得察访一下他这个人的德望，是好官还是贪官。如若值得我们助他成就些事业，便投到他麾下，不然我们就走。大哥，你看我这想法妥不妥？"

柴荣抬眼望着门外道："为兄我也说不清他是好官还

是贪官，只是听家父说过，他为人处事还讲些道理。他要是个贪官，我随你一起走。"

忽然，郑子明呼地站起来，走到柴荣面前道："大哥，你不能走，好不容易找到你姑母、姑爹了，有吃有喝有人伺候，也不是孬事。"

柴荣道："得走，谁叫咱们三人拜了一炉香，一起磕了头呢？"他又望望门外道："天快午时了，我得回去。你们先在这里安歇，过两天为兄再来看你们。"

送柴荣返回的路上，突然有人抓住赵匡胤的胳膊，吓了他一大跳，注目看时，只见一个面色苍黄、连鬓短须、斜挎钢刀的军人站在身前，他的身旁也是一个军人。二人面对赵匡胤弯腰两手相接前拱揖礼，赵匡胤道："军爷，在下不认识你们。"

二人相视一笑，伸手把赵匡胤和郑子明让到没有人的巷口说道："公子接兵器只管往前走，我二人断后。"

赵匡胤也笑了，对二人道："那时我只顾逃命，不识庐山真面目。敢问二位恩公尊姓大名？"

脸色苍黄的人道："在下张光远，他姓罗，叫……"姓罗的赶忙又施一礼道："罗彦威，我二人是把兄弟。"

赵匡胤望着二人道："两位恩公，今日有幸重逢，请受赵某一拜。"他屈膝跪下叩头而拜，张、罗二人赶快将他扶起来道："使不得，我二人哪敢领受公子您的跪拜。"

见此光景，郑子明用铁扁担将他俩朝边上一挡道："二哥，以咱黑娃看，他啥……"

听出郑子明又要说粗话骂人，赵匡胤脸一沉，可嗓门喊出一声："三弟，闭嘴！"

郑子明身子一哆嗦，忙把想说的话咽到肚子里。赵匡胤看了一眼郑子明道："三弟，要不是他二人阻击官兵，我哪里能很快到了西华门，与你会面。"

说完，赵匡胤转向张光远和罗彦威问道："赵某与你二人素无交往，你们为什么要冒着杀头的风险助赵某逃跑？"

张光远道："我和罗兄弟是邻居，住在汴梁城的酸枣门。我俩为了生计，学了些武艺，一次偶然的机会与算卦先生苗光义相识，慢慢地就混熟了。那天晚上他来找我们，叫我俩拿上他从你家取来的盘龙棍，到街巷去接应你，说你是红脸，是殿前赵指挥使的公子。我俩不敢怠慢，就去助你，一直打到西华门，听旁人说你被一个黑脸大汉救走了，我二人的厮杀才停下来。"

赵匡胤满脸堆笑道："你二人有所不知，救我的黑脸大汉，就是眼前的这位。"他抬手一指郑子明道："你们都是我的恩人，三弟，快上前与他二人见过礼。"

郑子明施礼道："咱黑娃见过二位英雄。"

张光远、罗彦威连忙还礼，扶了郑子明坐下。张光远看着郑子明呵呵地笑，赵匡胤问他："你笑什么？"

张光远道："今天认识了郑兄弟，让我想起苗先生以前说的一件事情——苗先生那天正在客栈附近算卦，一个卖油的打他身边走过，旁边一群孩童起哄，号叫着：'卖油郎，敲梆梆，肩挑油篓串四方……'卖油的听了一摸身上，梆子呢？我的梆子怎么不见了？他返回客栈让掌柜的赔他，掌柜的说你自己弄丢了是你的事，不赔。

"卖油的右手一把抓住掌柜的衣裳把他掂起来，左手握起拳头就要打下去。这时，在场的苗先生放眼打量这个卖油郎，不光脸黑，身子也黑，站在那里比一般人高出半截。上着一件粗布褂子，扣子敞开，胸膛上长满护心毛。下穿短裤，足踏有鼻草鞋。他挑油篓用的是一根铁扁担，少说也有六七十斤重。苗先生看罢，在旁边发话了：'你们不用争吵了，待贫道算一算你的梆子何在？'他掐指一算道：'你的梆子有油香气，狗衔走了，你到狗窝里找一找。'"

赵匡胤问："三弟，苗先生算准了？"

郑子明笑道："他看见店家的狗跑过来了，让咱黑娃去狗窝里找，找到了，也不见得是他算出来的。这是咱黑娃与苗老道第一次见面，再见面就是在京城汴梁城外二十里的汴阳镇。三个月之前，汴阳镇的人在修复一座河神庙的出檐。这座庙一门两楹三间，支撑出檐的两根木柱粗大，柱子两头套着两道铁箍，众人怎么也竖不到石础上。此时，咱黑娃挑着油篓正好路过，咱对他们说，你们一个个长得可不小，怎么连根柱子都放不到石础上。那些人说，卖油的你要能把这根柱子竖上去，请你酒楼吃酒；两根都竖上去了，到京城朱雀门外的酒楼吃酒。就在他们嬉笑的这个瞬间，咱黑娃把两根柱子都竖到石础上了。那些人恭敬施礼，要请咱到镇上酒楼吃酒，咱没去。"

这时，张光远打断郑子明的话问道："人家酬谢请你，你为什么不去？"

郑子明道："咱黑娃竖柱子耽搁了些时间，急着要去卖油，哪里顾得上吃酒。"

张光远问他："你就这样走了？"

郑子明道："咱黑娃刚挑起油篓，就听见身后有人叫郑掌柜请留步，我有话说。扭头一看，是老道苗光义，咱黑娃那时觉得他又要编什么话骗人了，戗道：'我没有工夫听！'"

看出众人都在笑他，郑子明笑着道："那苗老道并不生气，拦住咱黑娃说他确有话要说。黑娃说你算你的卦，我卖我的油，咱俩井水不犯河水，你再不走开，就吃咱黑娃一扁担。苗老道却只笑不恼，说贫道我算过了，周围几个村郑掌柜都可以去，就邵家集你不能去，因为去了也卖不出去油。咱黑娃瞪了他一眼说，冲你这话，咱还偏要去邵家集。"

这时赵匡胤问道："你去了邵家集，卖出去油了没有？"

郑子明道："咱黑娃到了邵家集，却是一斤油也没有卖出去。从此以后，咱按苗老道说的，哪个村能卖出去就去哪个村，去了果真就卖出去了，咱黑娃这就信服他了。"

郑子明的话音刚落，张光远不觉笑出声来，挨近赵匡胤耳朵说听苗光义说过，这是苗光义与那些村人的合谋。因为他见郑子明搬一根二百来斤重的木柱，就像下腰捡一根放牛棍子那样轻巧，要是会武艺上了战场可是一员猛将，得想法子降服他，所以苗光义对他道："你只卖油不行，你得做大事。"

郑子明道："以咱黑娃看来，干你这一行倒挺好，我跟你学算卦吧。"

苗光义道："你不用跟我学，你得跟另一个人去打天下，他日可身居王位，玉带垂腰。"

就想打仗的郑子明忙问："跟谁？"

苗光义道："到时候贫道会告诉你。"

郑子明听了，越发感兴趣了，笑道："老道，今后咱黑娃听你的，你说往东，咱的腿肚子就朝西；你说往西，咱的腿肚子就朝东。不管什么事，按你吩咐的去做。"

苗光义道："好，一言为定。"

郑子明点头道："咱黑娃不反悔。"

众人听郑子明讲完，笑了一大阵子，赵匡胤道："苗光义这个人，表面上看是个算卦的老道，实际上他整天都在研究军事战略、治兵打仗，为未来统一四海谋划网罗将才呢。你们都是他看好的人物。"

张光远忙摆手道："不敢当，在您面前，我们就啥也不是。敢问公子现在栖身何处？"

赵匡胤指了一下斜对面的客栈，张光远道："常住客栈那怎么行，到我俩的兵营里去吧。兵营里除了严令不准饮酒外，吃住都方便。"

罗彦威接着道："我二人凭本事投军，现在是北城外大营第六兵营的头目，在兵卒中说话算数。"

赵匡胤还是有些顾虑："我是朝廷钦犯，我那三弟又不懂规矩，会给你俩带来麻烦的，我们还是住在客栈妥当。"

张光远望着远方道："这个您不用担心，我就说您是我表兄，表兄来看望表弟住到营房，这有啥不可？谁还没有个三朋四友，七大姑八大姨的。"

赵匡胤推脱不过，就和郑子明在军营住下，又联系柴荣，五人盟誓结拜为生死之交，但是不久，麻烦就真的来了。

第三回

战契丹四杰齐助阵　试武艺二将归郭营

事情出在郑子明这里。住进兵营仅过三天，他开口叫声二哥道："小弟实在闷坐无聊，且到外边转一会儿就回来。"

他是个野惯了的卖油郎，要使他安安稳稳过日子，需要时间，所以赵匡胤吩咐道："不许走远，不许惹事，去吧。"

郑子明应了一声出了营房，晃晃悠悠来到街上，抬头望见右面有个酒楼，店面不大客人不少，便迈步进去，店掌柜赶忙点头哈腰礼迎。郑子明叫道："店家，快给咱端热酒、牛肉上来！"

店掌柜朝造厨的吆喝一声，手下的伙计端来了酒肉摆到桌上。郑子明吃饱喝足，付了酒肉钱，站起来说店家给他喝的是假酒，得把酒钱给他退了。店掌柜说给你端的是上好的酒，怎能说是假酒呢？酒钱一文也不能退。郑子明抬脚就把店掌柜踢倒，满屋的客人都愤愤不平，要打郑子明。在门外看热闹的一个闲散人进去劝架，店掌柜把郑子明说的假酒递给他品尝，他喝了一口，咂咂嘴道："这酒清香可口，不假。"

郑子明更火了，一脚把那人踢出门外，倒在一伙过路的官兵身上。官兵们扑上来揪住郑子明，郑子明一个扫堂腿出去，扑通扑通倒下三四个，没有倒的一个官兵大声喝道："你敢打官兵，这还了得！"

郑子明瞪住那个官兵道："咱黑娃连五城兵马司守备都尉都敢打，还不敢打你们这些小喽啰！"

官兵们愣怔住了，想着此人不过一个乡野村夫，怎知五城兵马司守备？众人料不能抓他回去，便一起去找统领北城外兵马大营的将军赵修巳，守卫帐门的侍卫出手挡住他们道："方才探马来报，契丹兵越过边境，有南来之势，赵将军召集各兵营大小将领布置防务，不能进去。"

这些官兵道："有紧急情况要向赵将军禀报。"

侍卫道："再紧急能紧急过契丹兵南来吗？"

门上高一声低一声的说话，惊动了里面的赵修已，他冲门外喊一声："放他们进来！"

里面发了话，守门侍卫让出一个手势，这些兵卒一起进得大帐参礼毕，把酒楼一个黑大汉口中说的五城兵马司守备的事说给赵修已，在场的张光远当下就想到郑子明，赶紧走近赵修已参礼道："将军，这人是在下的拜把兄弟，待我去将他叫来如何？"

赵修已道："你的兄弟？速去领来见我。"

转眼之间，张光远就把郑子明领到赵修已营帐里来了。一进帐门郑子明就嘟嘟囔囔说："这是啥地方？"

赵修已问郑子明："你是干什么的？"

郑子明道："卖油的。"

赵修已看了看郑子明有些油腻的衣裳，又问道："你叫什么名字？"

郑子明看了看赵修已道："你啥鸟人，敢问咱的名字？"

平时，这些侍卫仗着主将的声威，最是恃势任性横行，怎能忍下这等辱骂？他们一拥而上，郑子明两手抓住其中一个掂在半空，呵呵笑着旋转了一圈丢下去，唬得赵修已倒退一步，忙向外挥了一下手。张光远拖住郑子明抬腿要走，赵修巳问郑子明："你是哪里人？"

郑子明指了指北边。

赵修巳道："北边？你去过京城五城兵马司？"

郑子明答非所问道："咱的扁担把五城兵马司守备压扁了，扁成一堆肉，生的，不能下酒，你没有看见吗？"

赵修巳气得直摇下颌："张将军，带他下去吧。"

侍卫们却说道："将军，不能放他走。"

马全义将军参礼道："赵将军，他住在兵营，就得按兵营的规矩来，不办他罪，也得关他个三五天。"

赵修巳绷着脸顺门望着已走出帐门的郑子明道："他那么大的力气，不要说是木头门，就是铁门铁窗，也关不住他呀，算了。"

在赵修巳这里，事情就算过去了，却不知谁把话传到郭威那里去了。郭威传来赵修巳，问了一些细情，觉得这个人家在北边，还知道五城兵马司守备都尉，来历定然不简单，便说道："北边是契丹，五城兵马司在南边的京城，遥遥千里，他怎么知道五城兵马司？又怎么知道五城兵马司守备？我看他很可能是契丹的奸细。赵将军，你说是不是？"

赵修巳身子没动，长长叹口气道："做奸细，需要精敏强悍、随机应变之人，他长得像头熊，笨得像头猪，傻愣愣的，连句话都说不清楚，哪能是奸细！"

这时，赵修巳的侍卫进来施礼道："赵将军，您召集的人马全到齐了。"

对赵修巳的回答，郭威并不认可，他认为赵修巳毕竟年轻了些，缺乏对复杂环境下复杂敌情的警惕，便趁此摆手让赵修巳去做自己的事，转身叫来心腹爱将李审，命他差使去京城查一下有没有一个黑大汉去过五城兵马司，同时派人把张光远、罗彦威和住在他们营地的亲戚监视起来，有什么异常，及时来报。

李审闻命出得帅堂，秘密找来石守信将军去监视张光远、罗彦威他们，还没有择定去京城的人选，在北面侦察敌情的侦探就来报，说契丹主耶律阮，亲率大军来取邺都。

中军官把侦探传进帅堂，郭威问他耶律阮统领多少兵马，侦探回说十万。

郭威命他再探的时候，辕门守兵便领着第二拨侦探进来了。郭威问侦探契丹兵现在什么位置，侦探说前哨已到邯郸一带。

郭威说他探得不准，十万兵马，粮草辎重，拖拖沓沓，哪能走那么快？看出郭威不相信，那侦探赶忙补充说，前锋是三万骑兵，他们扬言，要给我军一个措手不及。

郭威笑笑道："你侦探有功，下去领赏。休息半日之后，连夜再往北去，随时报来敌军行进位置。"

侦探施礼道："是！"

待侦探一走，在帅堂议事的王峻建议郭威即刻派兵北出百十里驻扎，以防契丹骑兵突然来袭。

郭威道："你与我想到一块了，这就派大兵前去。"

二人说话之间，第三拨侦探又到了，一进门就禀报道："启禀元帅，契丹大军已近王莽河，请令定夺。"

接二连三的禀报，让郭威有些惊慌。契丹是古代东胡的一支，居住在辽河上游至土河流域，五代后梁时期建立契丹国。自从儿皇帝石敬瑭将燕云十六州献给契丹之后，契丹军事实力增强，剽悍的骑兵不断南侵中原。郭威深知若不阻止契丹南侵，很快就会兵临邺都。于是，郭威即刻传令，召集各营地将领来到帅堂，当场点将赵修巳为抗击契丹前线兵马元帅，率五万将士北御契丹。赵修巳领命走后，郭威命军师王朴和将军王峻把留下的将士聚集在城北门外，命他们兵不卸甲，随时接应前方战事。

再说自郑子明喝酒惹事至今，赵匡胤一直窝在屋里看书，此时看得累了，站起来伸个懒腰，问张光远："这几天怎么不见大哥？"

张光远明知柴荣出征去了，但自己不便说，就派一个侍卫去问将军石守信。石守信机敏好武，做事谨慎。他的朋友前些日子从京城来看望他时，说到赵匡胤其人，慨然认为赵匡胤是以天下为己任，匡世济民之人。还说有个姓苗的算卦先生，说赵匡胤未来是一代英明之主。打这以后，石守信默默观察这位红脸客人的言谈举止，看出他就是与常人不一样。因此，他没有选择让侍卫去传话，而是亲自来到赵匡胤住的屋子里，两手相接前拱深深作揖道："柴大官人随军出征去了。"

赵匡胤盯住他问："出征？有什么战事？"

石守信道："契丹出动十万大军来取邺都，企图得了邺都之后再长驱南下攻打汴梁，霸占中原。郭元帅命赵修己为前军兵马元帅，柴大官人为监军，率五万将士出征抵御契丹南侵。我估计，这是一场恶仗，还不知道会打成什么样子呢！"

张光远道："据我所知，你石将军也是一员惯战能征的虎将，你为什么不去？"

问话打乱了石守信的思路，他思忖良久才道："元帅没有点我为将，让我留下来有事。"

其时，赵匡胤瞄一眼石守信，看他表情，心下早已了然道："石将军，我说你怎么老在我们门前转来转去呢，是留下来监视我们的吧？"

这话让石守信慌得两手乱摆道："不不不，我是……"

"监视"二字给罗彦威提了个醒，他道："我说怎么不调遣我和张兄出征呢，原来是怀疑我俩呀！"

他呼地一下站起来，攥紧拳头纵前一步，站在石守信面前吼道："我今天就要你给我说个清楚，我们哪里对国朝不忠了，还是有别的什么嫌疑？"

石守信身躯一缩后退半步道："罗将军冷静，没有人说你和张将军图谋不轨，但我是听命留下来的。"

和罗彦威一样，张光远虽然对无故被监视也很有气，但他尽量克制自己内心的冲动，先劝说罗彦威让他坐下，接着质问石守信："你告诉我，是谁派你来的？"

石守信一字不吐。

张光远两眼闪动逼视着石守信："怎么，你不敢说？"

石守信为难地摇了摇头，反问道："张将军，假如是你，你会如何作答？"

局面有些尴尬，看出郑子明要对石守信动武，赵匡胤忙抬手制止了郑子明道："他也是奉命行事，况且他的使命，不见得就是针对你姓张的和姓罗的。"

郑子明憨憨地笑道："咱黑娃想来，事因可能起于那次喝酒，引起啥鸟人的不爽，派你来监视，咱向你赔礼了。"

郑子明恭敬揖礼，石守信出手挡住他道："你是贵客，守信不过受元帅差遣，方才言辞不当之处，还请多多担待。"

误会解除，众人面露喜色，张光远、罗彦威和石守信坐到一起，赵匡胤望着三人，笑呵呵地前走几步道："咱们本来就是一路人嘛！"他身形一转，对郑子明道："三弟，你长进了，若能把口中那句啥'鸟人'改一改，就好了。"

郑子明道："二哥教训得是，咱黑娃改，改。"

大家微笑着看向郑子明时，赵匡胤叫一声"石将军"，问他前方战况如何。

石守信站起来恭恭敬敬施一礼道："说是不利，准确消息尚待探马来报。"他朝张光远、罗彦威拱手道："二位头目，我先走一步了。"

仅隔半日，石守信便慌慌张张跑来问张光远、罗彦威："郭元帅决定南撤，你们怎么办？"

"南撤"一语，听得赵匡胤腾地一下站起来问道："为什么南撤？”

赵匡胤的语气急迫严厉，石守信身子不觉朝后一仰道：“方才探马来报，契丹骑兵无人能挡。他们的前锋已过王莽河汊向西北的那条支流，再往前走就是河汊驿，邺都恐怕保不住了。”

赵匡胤又问：“河汊驿离邺都多少路程？”

石守信回道：“也就几十里地。”

有些生气的赵匡胤深叹一口气道：“前方战事吃紧，作为主帅只想着后退，这还像个主帅吗？我们是中原王朝的子民，得有中原子民的骨气，不能让契丹人小看了我们。张兄弟、罗兄弟、三弟，如果大家觉得可以的话，咱们四人去阻击契丹兵如何？”

张、罗二人道：“没有元帅的调遣，恐怕不妥。你又是客人，怎可去得？”

赵匡胤道：“大敌当前，匹夫有责！只要能击溃入侵之敌，元帅也不会责备你无令妄行。”他把手一挥道：“就这么定了，走！”

关系自己祸福，石守信求告道：“不能走啊，你们几个这样走了，等待我的可是失责之罪啊！”

赵匡胤走过去，拍着他的肩膀道：“这好办，我能使你无罪。"

石守信道："你如何能使我无罪？"

赵匡胤微笑道："罗将军拿绳子来！"

把石守信绑到一条长凳子上，赵匡胤挨近他的耳朵吩咐道："我们走后半个时辰，你喊兵卒放开你，带些将士追来，我保你平安无事。"

四人来到河汉驿阵前，恰遇契丹骁将秃馁带领骑兵围住赵修巳厮杀。赵修巳的马中箭死了，四个侍卫战死三个，剩下的一个手执长矛抵挡敌兵，护着赵修巳。这时的赵修巳浑身是血，把宝剑当棍子拄在地上，两手握住剑柄哈腰喘气，情势十分危急。

赵匡胤挥手大喊一声："三弟，快打！"

正在酣战的郑子明，瞟了一眼，当下会意，手上的铁扁担朝眼前的马腿扫去，冲在前边的一排骑兵都倒下了，后面闪出一员顶盔掼甲的将军。从前面败退下来的兵卒出手一指，对他道："将军，那个黑熊厉害！"

这个契丹将领正是秃馁。两军交战之前，契丹领兵大将耿崇美召见了秃馁，对他道："侦探已探明，汉军阵前的领兵元帅是前时狼山之战逃跑了的那个赵修巳，副将是李荣、曹英、马全义这些人，没有一个能在你马前战三回合。到了阵前，你能擒住赵修巳或打败他，邺都就是咱们的了。"

秃馁自以为十年没有打过败仗，南面对阵的又是赵修巳，不觉一身轻松起来，并没有把兵卒们的告诫当回事。他朝前瞄了一眼，见马前之人身着布衣，手拿一根铁扁担，哈哈大笑起来。

兵卒们问他："将军，您笑什么？"

秃馁两肩一晃，向前一指道："这等平民百姓上阵顶什么用？慢说是个黑熊，他就是一条黑龙，我也照样打！"

秃馁说罢，一勒鞍辔，策马举刀向郑子明砍来。郑子明轻轻一摆铁扁担，秃馁的大刀就偏向了一边。郑子明转手复一扁担落下，秃馁和马就都死了。那些契丹骑兵吓得连忙调头北跑逃命，跑得慢的，被张光远、罗彦威扑上去杀死。他们挑了两匹契丹骑兵丢下的骏马给赵匡胤、郑子明骑了，大家策马挥戈杀得契丹兵尸积如山。

前线大胜，消息传来，军威复振。赵修巳从后面赶来，再三致谢赵匡胤他们消灭了那个令人闻风丧胆的秃馁。

碍于自己的身份，赵匡胤向张光远、罗彦威暗使眼色，二人会意，转向赵修巳参礼道："敌军败退，元帅您当带领我们乘胜追击。"

正想着前追的赵修已点了一下头，手中的剑向前一指道："好，追！"

败退的契丹将士一路狂奔二百里，来到驻扎在邯郸方面的中军大营，禀报了前锋溃败的消息，大将耿崇美忙问道："秃馁将军呢？他怎不来见我？"

耿崇美看见禀报的将士哭泣起来，当下感到秃馁出事了，忙又安慰道："喘喘气，慢慢说。"

那些契丹将士擦着眼泪道："秃馁将军率领我们一路驱进眼看着要踏过河汉驿了，不知从哪里冒出来四个人，两人骑马，两人步战，迎头逆袭。骑马的两人倒也可以对付，步战的那两人，一个黑脸，一个红脸，黑脸人拿一根扁担，红脸人拿根棍子，看似平民百姓，但功力了得。秃馁执刀出马，只一回合，就被那个黑脸人一扁担连人带马打死。"

耿崇美心下一惊，想那秃馁自出世以来，身经百战，打过多少大仗，从未失手，今天竟然死在一个平头百姓的扁担下，忙问道："是根什么扁担？"

回话的兵卒施礼道："我也说不清，只见那扁担黝黑发亮，在他手上施展自如，许多将士都死在那根扁担下。"

如此一番诉说，让耿崇美直打冷战，他无力地抬脚去觑见驻跸在邯郸附近的契丹国主耶律阮，如实禀报了前锋败绩之状。耶律阮听了，也是惊骇不已，叹息道："唉，可惜，可惜了。耿将军，你速速披挂出战，去会会那两个不知名姓的百姓，定要为我挽回国威，我在这里等你的好消息。"

耿崇美道："裨将不会让我主失望。"

耿崇美施礼退出耶律阮行宫大帐，召集部下将士计议停当，自率骑兵、徒卒五万之众，寻汉军来战，为死难的秃馁等将士报仇。赵修巳整顿兵马排开阵势迎战。赵匡胤不好意思主动请缨，便拉过站在身侧的张光远附耳低语几句，张光远点头，转身朝向赵修巳参礼道："裨将敢问元帅，这耿崇美号称大将，又为报仇而来，倒又不见他阵前搦战，不知为何？"

赵修巳就地走动几步站定道："张将军你有所不知，耿崇美武艺高强，但胆量比秃馁稍逊一筹，他要摸清我方兵力部署才会调兵遣将来叫阵。张将军，你先归列吧！"

赵修巳刚说完这几句话，就见一骑飞奔而来，喊了一声"报"，滚鞍下马，跪下禀报道："禀报元帅，契丹兵掩杀过来了，请令定夺。"

赵修巳目光远眺被战马奔跑弹起的烟尘，右手刺啦一声抽出利剑道："将军们，谁打头阵？"

邀功心切的将军王豹道："请元帅允准，末将愿打头阵。"

赵修巳道："你若阵前遇上耿崇美，千万不可大意。"

王豹说一声"谢元帅教诲"，两腿一夹马腹，率领所部五千将士淹没在漫延过来的烟尘里。赵修巳也随之下令全军出击，赵匡胤、郑子明、张光远、罗彦威四人跑在最前面，遥见王豹被一员敌将的长矛逼得步步后退。张光远策马上前要去接应王豹，赵匡胤用手中的棍子将他拦住道："这个敌将头冠与一般将领不同，料是耿崇美，待我去。"

赵匡胤猛抽一鞭身下战马，那马奋蹄前奔之间，王豹被打下马来，那敌将复一枪朝王豹戳来。赵匡胤单手出棍一架，长矛偏过一边。王豹爬起来大喊道："他就是耿崇美！"

跟在赵匡胤身后的郑子明叫道："二哥，让咱黑娃来打！"

见赵匡胤大口缓气，来不及回答，郑子明自是不敢上前。那耿崇美步步紧逼，赵匡胤卖了个破绽，耿崇美一枪刺来，赵匡胤闪身躲过，回转双手一棍，击中对方右手，耿崇美的枪跌落地下，慌手慌脚勒辔转身逃跑，赵匡胤、郑子明和赵修巳等将士向北追出几十里。

南撤到澶州的郭威，天天打探出击契丹的消息，今日侦探终于报来喜讯，说大捷。郭威带着随从和家眷起程返回邺都，没有休息就出城十里去迎接北出抗击契丹班师归来的将士，把赵修巳及监军柴荣等所有将领接回帅堂，设盛宴庆功，还特地请赵修巳与自己并坐主位。酒过三巡，郭威让侍酒兵卒斟满三爵酒道："赵将军，你这一仗有大功，还除掉了秃馁，我敬你三爵。"

与郭威并坐主位，赵修巳已经有些不自然，现在又要敬酒三爵，他赶忙摆手道："那是托陛下洪福，也是您的虎威，才拒敌得胜。再说了，这全是将士们奋不顾身，为国效力之功，此酒当与在场将军们共饮。"

郭威道："就以赵将军之见，大家端酒共饮三爵。"

三爵酒过后，郭威道："我遵王命来到邺都，今天是契丹犯境，明天也是契丹犯境，就没有过一天清静日子。令我最无奈的是那个秃馁，这一战他死了，从此契丹也兴风作浪不到哪里去了，该安生几天了吧？"

赵修巳点点头道："秃馁仗着勇猛，想多会来就多会来，想往哪里去就往哪里去，如入无人之境，常常偷袭、突袭，战而不宣，我们除了被动应战，没有别的选择。现在那个秃馁一死，我看契丹至少要收敛三两年了。"

将军曹英喝了几爵酒，喷一口酒气道："我等往阵前去的时候，人人愁眉苦脸，愁的就是怕遇上秃馁；回来的路上个个眉开眼笑，说的都是秃馁之死。这以后，不说契丹元气大伤，一段时间内不会来，就是来，我们也不会未到阵前先惧三分，大家说是不是？"

曹英的话音还没落尽，他的身边就站起来五六个人与其呼应："是是是，以后的仗，士气就在我们这一边了。"

宴会结束，郭威将赵修巳和几个亲近的将领留下问道："方才场面乱哄哄的，我没有听清楚是谁除掉了那个秃馁？"

几个人都转向赵修巳，赵修巳还没开口，他的侍卫先道："是个百姓。"

郭威问："嗯，百姓，你怎么说是个百姓？"

随之将疑惑的目光从那侍卫身上移向赵修巳，赵修巳答道："是，是个百姓。唉，说来惭愧啊！在那里，两军胶着，将士死伤甚多，身边只有他（说话的那个侍卫）护卫我后退，却被秃馁截住。危急之时，一个百姓拿扁担打将下去，秃馁人和马就都死了。"

赵修已低头叹息良久，又道："要不是那个黑而高大的百姓，我不是被杀就是做了俘虏。"

这时，赵修已的侍卫道："赵将军当下施礼相谢，说本帅谢谢你来帮我们杀敌。黑大汉说你这个样子就能当一个元帅，那咱能当两个（元帅）。"

众人听了哄堂大笑。

惊人的故事引得郭威连连追问："一个百姓何有这般能耐？赵将军，一个毫不相干的百姓怎么会倏忽站出来去阵前抵挡契丹兵呢？"

还站在原地的那个侍卫道："我看见是一个红脸百姓指使他打的。"

这更让郭威迷惑不解了，他转脸朝向那个侍卫看了半天道："红脸百姓，又是一个百姓？"

旁边的王豹将军凑前一步，把红脸百姓为他挡了一枪救了他一命的过程描述了一遍："契丹大军为什么这么快就败逃北去？就是这个红脸百姓挥动一根棍子，把耿崇美打得身受棍伤，惶恐逃命，我军才有今天。"

似乎对两个百姓有所兴趣，郭威叹道："唉，他两个怎么是百姓呢？要是我手下的将领就好了。"

他两眼望着赵修已问道："那两个百姓是怎么到了阵

前的？"

赵修巳答道："这要问第六营地的张光远、罗彦威两个头目，石守信将军可能也知道一些。因为裨将在大帐换血衣之时，石守信追赶去了，裨将问他说你不是有专任么，怎么到这里来了？他说我的人都跑到你这里来了，我还专什么任？我又问他你监视的人怎能跑到我这里？他说他的事情早被第六营地张光远、罗彦威两个头目的客人识破了，他们非常气愤，说大丈夫做这等小人之事，太不像话了。"

可谓事有凑巧，其时石守信自报一声便进来帅堂，郭威看见他就呵呵笑道："说守信，守信便到。说吧，什么事？"

石守信先施一礼，跪下道："裨将来请罪。"

郭威又笑笑，脸朝赵修巳，右手食指在半空中指着偏右下方的石守信道："别人怕罪祸临头，他自来请罪，咱俩听听他要说的是什么样的罪？"

石守信平缓地吸一口气道："元帅，您与军师、王将军往澶州去的事，张光远、罗彦威的客人察觉了，那个红脸客人说他往南退，我们四人朝北走，打契丹去。我说你们走了，我不就有失职之罪了吗？不行，你们不能走。不知他们做了一个什么暗号，姓罗的一拳将我打昏，等我醒来时，几个兵卒已经解开了绑我的绳索，我骑马追到阵前。”

很可能坐得有点累了，郭威站起来直了直腰背，看着跪在地下的石守信笑道："这是演了一出苦肉计吧？"

坐着没动的赵修巳，此时眼前全是两军拼杀的刀光剑影，叹一口气道："也多亏了这出戏。"

几案后面的郭威与赵修巳低声说了一阵子话以后，对石守信道："石将军你想过没有？正是由于你的失职，才使他们四人到了河汉驿阵前；正是因为他们四人在战场上奋勇杀敌，才有了此战的全胜。我和赵将军已经交换过意见了，不会追究你的罪责了，起来吧。"

石守信忙道："谢元帅！"

待石守信站稳后，郭威问他："石将军，你可知道那两个百姓的来历？"

石守信摇头道："他二人是张光远、罗彦威的客人，得问他们两个。"

郭威朝守在帅堂门口的侍卫喊道："去，把第六营地的张光远、罗彦威这两个头目给我叫来！"

很快，张光远和罗彦威便来到帅堂，郭威的问话使二人一怔，二人缓过神来答道："是我们的亲戚，也是我们和柴监军的结义兄弟。柴监军看望姑母去了，要是他在这里就能说得更清楚……"

这时监军柴荣刚跨进帅堂门槛，接了一句："让我说清楚什么？"

赵修巳道："元帅和我想知道张将军、罗将军的客人，也就是你的结义兄弟的来历。"

柴荣警觉地扫一眼赵修巳，他怎么问这个？难道有人把赵匡胤的事说给他了？想到这里，柴荣镇定一下说道："黑脸人叫郑子明，是个卖油的。红脸人姓赵名匡胤，我贩伞在关西金斗潼关一带的路途中与他二人相遇结拜，也是想借助二人武艺，帮我去打高平关杀高老鹳，为我爹报仇。"

郭威问："这赵匡胤是不是在京城杀死十八个女乐的那个？"

柴荣点头道："是他。"

郭威把几案呲当一脚踢倒，站起身来手指柴荣道："你怎么把国家钦犯领到这里来了？还住进我的军营，若是朝廷知道了，我不成了窝藏国家钦犯的窝主了？我就是跳到黄河里也洗不清呀！"

郭威气愤地往两边看看叫道："武士何在？速去第六营地把赵匡胤给我绑来，打入槛车解往京城。"

这下慌得柴荣跪倒忙做解释："元帅容禀。连高老鹞都说赵匡胤杀女乐是功不是过，我们为什么要把他往死路上推呢？况且，赵匡胤确实有政治远见和一身武艺，抗击契丹改变了战局，立了大功，论功赎罪，也不能这样对待他吧？"

郭威问道："高老鹞说他杀女乐是功不是过，你是从哪里听来的？"

回想夜宿寺庙的情景，柴荣道："我和赵匡胤、郑子明三人东来时，绕道高平关，夜宿寺庙听庙里的住持说的，住在庙里的一个客人还说高老鹞拒绝执行皇命，烧毁了捉拿赵匡胤的告示。"

赵修巳道："杀女乐事关人命，是罪过；为国除了一个祸害，有功劳。我们既不处置他，也不要留他，由他去吧，这样可以吗？"

下边顷刻有人道："不可以！"

这一声引起一阵议论，场面有些混乱，郭威着目看去，然后道："马将军，说说你的理由吧。"

马全义恭敬施礼回道："赵匡胤有勇有谋，文武双全，他若是与高老鹞联手呢？他要是自立为王呢，这不成了我们给自己树立强敌吗？"

马全义看出郭威、赵修巳都还在静听，他又缓缓言道："以裨将看来，让他继续留在营地。元帅，您不是想打高平关吗？我们把赵匡胤的名字改为赵匡银，让他去打高平关，他若能取了那高老鹞的项上人头，我们就留他在军营里做将军。"

郭威听完呵呵而笑，因为他需要能够除掉高老鹞的高手，也需要有足够的理由堵住朝廷的嘴。所以郭威心里有他自己的小九九，就按马全义说的把赵匡胤改为赵匡银，若是朝廷查出来了，就说自己不知道，人他们带走；若查不出来，我可以继续用。想到这里，郭威说道："马将军，你这叫驴粪蛋，外面光，里头毛。嗯，好吧，我们就来个将计就计。若是败露了，最多是个粗心，没有识别出他用的是假名。这样，朝廷也不好说我是窝主了。"

帅堂里，正对主座的是行军司马王峻，他道："裨将有个主意，不知道元帅愿不愿意听？"

郭威一伸手道："说。"

先看了看柴荣、张光远、罗彦威几个人，王峻才站起来抬脚上前倾身挨近郭威低声说了一阵子话，郭威右手向外一挥道："去吧！"

因为二人并不是正式兵士，赵匡胤、郑子明没有随大军返回驻地。二人兜风观景，慢悠悠回到京城从封丘门进来，因街面人多，下来马步行。猛不防，一个人窜将上来，一剑刺向郑子明。郑子明迅疾半转，左手掂着扁担，右手抓住那人一只胳膊，提溜在半空抢了两圈就要摔下去了，赵匡胤急忙大叫："三弟，他是李荣将军，快放下，摔下去他就没命了。"

谁知他的话音还没落尽，骤觉耳后微风袭来，又一人执斧向他砍来。赵匡胤急伸盘龙棍向上挡，下边一脚飞出，将那人踢得踉跄站立不住。赵匡胤跃身过去扶了一把，那人没有跌倒，反又砍过来一斧，赵匡胤一把抓住那人拿斧头的手笑道："王将军，你是来试我功夫？"

王峻撂下斧头，俯身弯腰两手相接前拱揖一礼道："恕在下冒犯，还望公子多多见谅。"

赵匡胤笑道："要试，你当来点大动作，这般小技，能试出什么？"

是时，李荣走过来对赵匡胤施礼道："咱们在阵前打仗，王将军和王军师陪元帅撤退到澶州，没有见识你俩杀敌的风采，今天这是来……呵呵……呵呵呵……"

郑子明摇着头道："咱粗人一个，打仗时喊哩咔嚓的，那么多人，也管不得谁是谁，要不是二哥那一声，可真把李将军摔死了。"

李荣俯首施礼道："你的力气真大，令我佩服。"

说话间，赵匡胤看见一家酒楼，拉了三人进去，喊来店小二："端热酒四大碗、牛肉四盘上来！"

酒肉摆上桌，郑子明看了看道："二哥，咱多时没喝酒了，既喝还不给咱黑娃管个饱？"

赵匡胤笑着，又让店小二给郑子明端来两大碗，他喝完就爬到桌子上打盹去了。

赵匡胤道："我这个三弟就这个样子，让二位见笑了。"

王峻道："他人粗心善，与这等人相处，不用防着。"

赵匡胤笑道："王将军所言极是。"

饭毕，王峻、李荣各自告退，赵匡胤和郑子明刚回到住处，柴荣和张光远、罗彦威就来了，柴荣道："我姑爹把我三人叫到帅堂，说他一夜没睡好，高老鹞不死，他寝食难安，让我们说服你俩归他麾下，选择时机除掉高老鹞。还说他要学刘备三顾茅庐，登门相请，不知你俩意下如何？"

罗彦威道："就归他帐下吧，咱哥们在一起，有事也好商量。"

听完罗彦威的话，郑子明转身用扁担挑起一个小小的行李包就往外走，赵匡胤朝他背影猛吼一声："三弟，你要上哪去？回来！"

已走到门口的郑子明咕咕哝哝道："咱黑娃想去孟家庄，这里的规矩小弟我受不了。"

见郑子明转身回来，赵匡胤叹一声道："这段日子，我忖出王峻是斗智小才，但他的脑子比郭威来得快，可能是他对郭威说了些什么。那天王峻、李荣试我和三弟武艺，我就料到会有这一出，果不其然。王峻比郭威年长两岁，智谋武艺又不在郭威之下，因此郭威的谋略多出自王峻，甚至还以兄长称呼王峻，帅印有时候是王峻帮他掌管的。让我二人投军归他麾下，应该是王峻的主意。他们想利用咱们消灭高老鹞，大哥你说是不是？"

多有见识的张光远道："柴大哥，郭元帅没有子嗣，我和罗兄弟揣测，他很有可能让你做他的继承人；既做他的继承人，便需要赵公子这样的人来辅佐，是不是你多次进言郭元帅留下他俩的？"

柴荣笑了笑道："听我姑爹说，王峻告诉他二弟武艺确实高强，劝他尽快收到帐下使用，这就派我几个来了。"

赵匡胤道："住进兵营这些日子，我看出郭威除了精于保命和谋划推倒刘氏王朝想自立为王之外，也没有别的大毛病，投军他麾下立身建业，也是正道。三弟，咱俩暂且投在他麾下，住个一年半载看看，真要不行，我陪你去孟家庄。"

顾虑重重的郑子明道："可是，到了那个时候，他能让咱们走吗？"

赵匡胤道："你手里的扁担是做什么的？"

郑子明笑道："还是二哥懂咱黑娃。还有，苗老道让我跟着你日后做大官，我的大官还没到手，也不好离开你不是。"

在地上来回踱步的柴荣道："事情就这么定了，我去回复姑爹一声就过来，咱兄弟们到酒楼吃酒去。"

郑子明笑道："好好好，咱又有酒喝了。大哥，罗兄弟说你当了监军，就没有请兄弟们吃酒，这回得补上。"

呵呵笑着的柴荣道："你就知道个吃酒。"

第四回

郭威殿堂假意荐将　孙清报信行刺失败

抗击契丹的河汉驿之战获胜，元帅郭威以奏表形式将消息报给朝廷，聚集在广政殿的文武僚佐欢呼庆贺。此际的后汉太祖刘知远，高兴之余夹杂着忧虑，最让他不省心的是那帮朝班众臣。还在河东节度使位置上的时候，麾下幕僚不论新的、旧的，年轻的、年老的，是扭在一起，一心维护自己的尊位，效力于马前。现在位居九五之尊了，下边成了老一茬，小一茬。老一茬看不起小一茬，说他们嘴上没毛，办事不牢；小一茬又嫌老一茬占着位置摆架子，信不过年轻臣僚的做事和为人。自己健在，不至于有大的裂痕出现，百年之后呢？将来少主能驾驭得了吗？

　　随着欢呼起伏的声浪，刘知远向下瞟了一眼，看见镇守高平关的高行周，一脸沉毅的老样子站在僚佐班列里，耳边当下响起"行周谨厚，人君不疑"的赞语。多年来，刘知远对高行周尤为赏识，觉得他不管风云如何变幻，始终秉持做人的原则，真是一位贤达之臣。唉，这天地生人也不会生，若是生下两个高行周，一个差遣去坐镇高平关，一个留在朕的身边做事，那就再好不过了。

　　执掌朝会的亲侍走过来挨近刘知远说了些什么，刘知远没有出声，只做出一个手势，那亲侍便向下喊了一声："散朝！"

　　朝会散了，高行周抬脚转身要走，刘知远却伸手指着身边的座位道："你坐下，朕有话说。"

　　待高行周施礼谢座坐下以后，刘知远一脸很伤感的样子道："朕来到这里自感孤独，又觉得有些不安然，好像有的人对朕陌生了，不认识了，没有在太原那样亲切和贴近，除了平章事史弘肇几个人之外，别的臣僚似乎都与朕不一心了，又似乎在盯着朕的皇位，朕身边的几个亲近之人，比如茶酒使郭允明、武德使卫将军李业等，他们的智略和武勇又不足以防范那些有野心或者忌恨朕的人。"

可谓情好款洽的交谈，令高行周听出些意思来，觉得刘知远可能感到和五代其他帝王一样，坐在皇位上就像坐在风口浪尖上，随时都有可能被摧折或淹死，但在话头上，高行周和颜一笑道："是陛下您十多年在河东那里地熟人熟，行动自如，来到京城汴梁，地位变了，别的人也不便随便接近您。臣说句不敬的话，是陛下您多心了。"

刘知远嗯了一声，欲言又止。

高行周道："以臣看来，苏丞相、冯太师、杨枢密使、平章事史弘肇和三司使王章他们都还是行王道、忠诚国事的。"

说到这些手握权柄的重臣，刘知远眼前闪现出他们几个的面孔，迟疑良久方道："大面上都还过得去，只是丞相苏逢吉既无相才，也无相器，疾恶过甚，一不顺心就想杀人，一些人忌恨他。因他与朕是儿女亲家，也把朕视为仇人。"他顿了顿，叹道："唉，由于他的不善协调，枢密使杨邠、平章事史弘肇、三司使王章他们也不好主动做一些事情，老太师冯道年迈就不用说了。朕的想法，是想让你来做尚书令，一来与朕常在一起说说话，出出主意；二来调和各位僚佐勋旧的关系，改善一下朝廷诸司的做事格局；三么，万一发生什么意外，身边有你在，朕就不会太过惊慌失措。”

关键点上，守在殿门的侍卫进来施礼道：“北面行营招讨使杜重威要觐见陛下，现在门外候旨。”

刘知远站起来直望殿门问："他回来了？"

侍卫道："他说已收复镇州，斩安重荣于城下，回朝复旨。"

刘知远道："杜将军征战有功，朕明日诏见他，赐酒相贺。"

他向外挥一下手道："你转告他去吧。"

侍卫躬身施礼道："是。"

侍卫倒退三步出殿后，刘知远问高行周："你看这样好不好？"

对于朝廷重臣之间的嫌隙，高行周略有耳闻，他摆手道："不可，不可，臣只会舞枪弄棒，哪里做得了尚书令。"

刘知远道："你重武自然是好事，可是朕想叫你留在身边，不做尚书令，朕封你做副枢密使，你完全胜任得了。"

高行周看一眼刘知远道："擅此任者郭威。河汉驿之役后，契丹一年半载不会有南侵之举，让他来做副枢密使比较合适。"

提到郭威，刘知远叹了一口气，然后突然仰身哈哈大笑道："你不想来朝廷做事，就绕着弯子给朕谋划人选。嗯，好吧！就依你说的，但你还得在这里陪朕。"

高行周显得有点惊讶，忙问："在这里？"

刘知远点点头，嗯了一声。

片刻之后，刘知远微笑着道："你的职事仍在高平关，只是人来，给你一个临时驻留的行营处所，有事的时候回去料理。"

这样安排，让高行周揣度出刘知远真正不放心的是郭威。郭威在刘知远帐下为将多年，并无明显异节之行，至于内心所隐，刘知远察觉多少，他不想直问，便躬身施礼辞别刘知远返回高平关，安顿一番后，带了一千兵马赶来京城，驻扎在汴梁城北门外一处营地。

高行周的驻留，引起郭威心腹李审的警觉，当天他便微服骑马来到邺都见郭威，禀报了这一消息。这既使郭威看出刘知远对高行周的信任，又加重了他对高行周的忌恨。高行周是武将，让他驻留京城，是朝事需要，还是刘知远要防某人危及他的皇位呢？或者还有别的用意？但他没有明言，只道："陛下可能在提防南唐兵马北伐吧。"

打发李审走后，郭威马上叫来行军司马王峻，把他所知消息透露给他："王将军，你帮我想想，这刘知远到底要干什么？"

昨天微黑时分，王峻来帅堂和郭威说事，远远就望见一个人正往帅堂正门方向走去，从走路姿势看像李审。知道李审这会儿来肯定有要紧的事，王峻就转身回了自己住处。这时，听了郭威说的事，他更加确定昨晚的那个人就是李审，但他又不便说穿，只是问道："元帅，是谁说给您这些消息，三里没准信，不会是假的吧？李审将军不是还在京城吗？要不要我差人到京城通过李审再靠实一下。"

郭威道："他是吃粮人不管闲事，不一定知道，但我可以明确地告知你，让高老鹞驻留临时行营处所假不了，你给我分析一下，为什么调他来京城驻留？"

看出郭威不想露底，王峻也耍了个心眼，既然你不愿以实相告，那我又何必坦诚相见呢？他像没有听清问话那样沉着头不吭气，郭威急躁道："我一直在想，他调高老鹞驻留京城，会不会是察觉到谁对他不忠，或者怕有人闹事？"

王峻摇着头道："以在下想来，是元帅您过于敏感了。主上虽然登上皇位，但年逾五旬，一生征战累垮了身体，已是疾病缠身，接的又是石重贵那个烂摊子，内部事务棘手，外部边患不靖。丞相苏逢吉有掌控一切的雄心，却无管理一切的能力，又与杨邠、史弘肇、王章这些能臣互生疑心，做事扯皮，陛下日夜操劳也操劳不过来，命姓高的来到身边，可能想让他出点主意，做些别的事情，不可能是疑某人有贰，命他取代。"

郭威道："王将军所析只是一面，但你不要忘了他是让武将驻留，武将是……"

突然，帅堂门外高喊一声："请接诏旨。"

郭威起身的工夫，朝使已走进帅堂，宣读后汉太祖刘知远擢命郭威为国朝副枢密使、平章事，届时来京赴任。

郭威跪接诏旨谢恩起来，送走使臣后，王峻两手相接前拱参礼道："贺元帅荣升！这下元帅您不用疑心陛下让高老鹘临时驻留京城，是针对某人了吧？元帅进了丞相班底，这一步为您的一路高升搭了阶梯，将来手握乾纲之时，可不要忘了我们这些曾经与您一起征强寇、守疆土的将士们。"

属下参军、部将知道后，都纷纷来贺。

郭威站起来，笑眯眯地两手相接前拱转圈揖礼道："我能有今天这一步，都是大家浴血奋战抗击契丹的结果，我郭某人怎会忘了大家呢。"

众人群情激奋，拊掌欢呼之声久久不息。

且把郭威带了柴荣和家眷来到京城上任一应事宜搁下，单说高行周人在京城，却时常关注高平关的事情。这天，来回为他传递信息的彭百福将军，禀报说新任邺都留守杜重威暗通契丹。高行周派侦探在河北邯郸北捉住杜重威暗通契丹的使臣，搜出信件，杜重威投降契丹之事证据确凿。他连夜去觐见刘知远，刘知远吃惊不小道："高爱卿你帮朕想想，他会不会走石敬瑭的老路？"

高行周答道："陛下，臣以为他就是要走石敬瑭的路。不过，石敬瑭是因为割让燕云十六州给契丹，做了儿皇帝。我看杜重威手里没什么可拿出来给契丹的，他只会白忙一场。"

刘知远微微点头之间，吩咐高行周差使再探。

实际上，杜重威与契丹早有来往。

　　杜重威是朔州桑干县（今山西山阴县桑干镇）人，后晋太祖石敬瑭的妹夫，石敬瑭对他礼遇有加，官至检校太傅，经常随石敬瑭会见契丹国主，契丹也有意拉拢他，两厢时有使臣暗通。后晋灭亡后，杜重威随大流归了后汉，刘知远待之以礼，仍然封他为检校太傅，接替郭威留守邺都。仅过一月，事情就变得诡异起来。刘知远加封杜重威宋州节度使，但他拒不受命。因为他对所封官职并不满足，便想学石敬瑭投降契丹，依靠契丹势力颠覆后汉政权，遂密遣使臣呈表归顺契丹。契丹主大悦，许诺杜重威做中原之主。使臣回到邺都，禀报了契丹主的许诺，杜重威深以为信，马上命使臣带了金银财宝去感谢契丹主。

　　风云际会，杜重威是在五代战乱中成长起来的一位军政人物，手握近十万兵马坐镇邺都，今又得到契丹的支持，已经飘飘然起来，根本看不起统御后汉国的刘知远了，于后晋开运四年（947）七月底召集麾下大小将佐正式宣布投降契丹事宜："谁不同意，可以自行离去。"

　　中门使高勋将军施礼道："那些不愿归顺契丹的人早已溜走了，留下来的都是实心实意跟随您的。"

　　杜重威笑了笑道："那我们就行动起来，在扩充兵力的同时开拓地盘。宋将军，把你演练的人马拉出去，来一场实战可以吗？"

宋彦筠将军迟钝地嗯了一声，才朝向杜重威参礼道："可以。"

出于稳定民心，后汉太祖刘知远这天召集杨邠、苏逢吉、史弘肇、王章、郭威等权臣殿议救济灾民，忽见高行周派人报来消息，说杜重威叛汉投降契丹事实确凿，请令定夺。接着澶州、相州节度使相继遣使也来朝告急，说杜重威与契丹联合用兵袭击边境，请速派兵靖边。

杜重威公开投敌，是对地缘政治格局的破坏，更是对后汉政权造成了极大的威胁，龙椅上的刘知远愤然而起斥道："这个反复无常的小人！"

骂出这一声后，刘知远对着案前的杨邠、苏逢吉他们道："前几日冯道、李菘屡对朕说杜重威与契丹断绝往来，现在倒又投降了契丹，对这等当面是人，背后是鬼的无耻之徒，没有什么可留恋的，朕决定即刻出兵讨伐。你们说，谁可为将？"

杨邠、苏逢吉几个人只是你看看我，我看看你，不置一词。

半天没有等来回话，刘知远气哼哼地直接点名问郭威："郭爱卿，你不会也没有一言奉上吧？"

郭威就想让刘知远问他，可他又不立即回话，心里还在想后晋天福三年（938）九月，契丹主耶律德光率兵南侵直达雁门，次及忻州、太原的事。当时的后晋皇帝石重贵还没有想定派遣哪位将军去阻击，驻守北面的昭义军节度使高行周和青州节度使符彦卿擅自出兵，为契丹所败，死伤一万多将士。石重贵设朝议罪，那时郭威担任兵马都孔目官，说二将无令出战，造成惨败，有损国威，按律当斩。当时的河东节度使刘知远等说正当用人之际，不可诛杀勇将，石重贵准奏，赦免了高行周。两个月后，山南东道节度使安从进反，郭威以为高行周的将士大部分是河朔籍人氏，不适应南方水土，战斗力必然弱，向朝廷推荐派遣高行周挂帅出征平叛，就会被安从进打败，死在安从进刀下。结果，高行周把安从进打败了。他没有死在南边，这一回必得使他死在北边——自杜重威反情风声传来，郭威自感上天又一次把除掉高行周的机会送给了他，当然不能错过，却又没敢抢先陈述己见，怕别人看出他的用心。现在问到头上了，他可以正大光明地说话了，两手相接前拱向刘知远深揖一礼，说出一个名字："高行周。"

和五代其他国家一样，后汉同样面临动乱与血腥的局面，刘知远不想让高行周远离身边，于是说道："三年前，高将军奉命出征山南道，在襄州苦战一年有余。去年契丹兵至澶州，他在抵抗中兵困戚城，几经厮杀才突围出来，已是疲惫不堪。此仗又是在魏博至邺都那样的坚固城池地带打，易守难攻。朕估计大兵一到，杜重威不是随契丹北逃塞外，就是钻进城池固守不出。这使我军不是穷追，就是死围，没有一样不耗费精力的，你这不是要存心害他吗？"

郭威打个哆嗦，深深哈腰低头前躬奏道："他可是藩屏我朝北疆的一堵墙，臣哪里敢害高将军。只是杜重威麾下兵力将近十万，又有契丹骑兵的援助，眼下能敌得过杜重威的只有二人——史弘肇和高行周。侍卫亲军都指挥使史弘肇将军，身负平章事，又得防南唐，不可抽身北任；高将军要智略有智略，论武勇有武勇，惯于沙场厮杀，派他率兵出征，可望一战成功。"

此时，三司使王章道："为什么不选派晋昌军节度使赵赞、青州节度使符彦卿、泰宁军节度使慕容彦超这些比高将军年轻一些的战将呢？"

郭威道："这几位将军打仗可以，从战略运筹来比较，他们做不了统帅，只能做副手。"

郭威这一套说辞，把个刘知远弄得没了主意，转头问杨邠、苏逢吉："你们说朕点谁的将为好？"

杨、苏二人已经觉察出刘知远有私心，护的是高行周。郭威专挑高行周，他俩又提不出别的人选，便以眼神默约史弘肇、王章都表示只有烦劳高将军北征邺都了。

推荐战将的事发展到这一步，刘知远瞟视郭威，点了一下头，钦命高行周为天雄军节度使，为征讨叛贼杜重威兵马元帅，泰宁军节度使慕容彦超为副元帅，二将衔命提调兵马踏上征途。

但是，刘知远并没有嗅出郭威推荐高行周挂帅平叛背后的杀机。

东边天地相接之处微微透亮，京城汴梁戴楼门门吏来报，城门刚一开启，一个军人模样的人骑马外冲，拦挡之间，砍伤一个兵卒夺门而出。不知此人是谁，开封尹侯益派人查询，一无所获，只好报给副枢密使郭威。郭威召集各司再查，唯有五城兵马司副守备使孙清不在住所。郭威急忙传来五城兵马司副守备使黄明，黄明也说不清楚孙清去了哪里，只知道他半夜出去喂过马。郭威两眼一眨巴道："这说明他要走远路，会往哪里去呢？"

随侍在郭威身边的几个侍卫七嘴八舌道："前两天孙清说他老爹捎信来说家里有事，让他回去一趟，八成是回家看望他爹去了。"

侍卫们的猜测，让此时的郭威听来好不烦躁："你们这些蠢货，要看他爹还能不打一声招呼私闯城门而去吗？这里面一定有鬼。"他望了望东边升起的太阳，马上令五城兵马司派出两路快骑，一路向北、一路向东追寻而去。

却说那孙清有个远亲是郭威侍卫，昨夜去给郭威送茶水，走到门口听见李审正在屋里说话，贴耳细听，是在密谋策划袭杀高行周，就赶快跑来把情况告诉了孙清。

孙清问："他们计划在哪里下手？"

侍卫神情紧张道："我听到他们说，一是差遣一位将军带一千骑兵路途伏击，二是派刺客行刺。"

孙清听后又震惊又气愤，郭威行事诡秘，又手握军权，杨邠、苏逢吉、史弘肇将相不和，对郭威起不到制衡作用，太祖刘知远百年之后郭威可能会成为篡权夺国的第一人。新任五城兵马司守备使右卫大将军王景崇，又不是他孙清终身跟随之主。想到这些，孙清决定去高平关报信，让高行周早做提防，便骑马冲出城门一口气来到泽州。他把马拴在一户富贵人家的大门口，自己在酒楼吃了些饭准备牵马走，不料从院子里出来一干家丁，通体黑色服饰，手执黑木棒围将上来道："你这个贼，是不是要偷马？"

孙清道："这是我的马。"

家丁们道："明明拴在我家主人的拴马桩上，怎么能说是你的马呢？"

这时，出来一个手拿扇子的人道："大白天的，你明目张胆来偷马，还有王法吗？"

孙清睨视这人一眼，冷笑一声道："你也配得上跟我说王法？你要真懂王法，就不会让这些家丁来讹我。"

他不觉手握剑柄又道："单凭那几根黑木棒就能讹走我的马吗？"

拿扇子的人又道："你怎么还说那是你的马呢？你叫三声，马答应了，你牵走；不答应，你走人。"

街上围过来一些看热闹的人，孙清朝围观的人群道："请乡亲们为我做证，这匹马的脾气我知道，不说叫三声，叫一声它也会答应我的。现在我让他叫三声，答应了，把马送给他，叫吧？"

拿扇子的人看这么多人围观，怕讹诈不成，他把扇子向下一劈。孙清见势不妙，忙拔佩剑。有个家丁趁孙清没注意，照他的后脑勺就是一棒，孙清扑通一声倒在地上昏了过去。

那些家丁正要去牵孙清的马，忽见一队官兵从南而来，吓得他们都跑回院子里关上大门。带领这队官兵的将军下马，推了推孙清道："朋友，醒醒，醒醒。"

孙清哼出声来，那将军问道："朋友，醒醒，你从哪里来？"

只是孙清什么都没来得及说，就又昏了过去。那将军等待半天，再次推了推孙清，问他："朋友，你从哪里来？"

孙清嘴唇颤动，低沉沉吐出一句："高平关。"

孙清的回答，让那将军仔细辨认起他的面孔来，然后转脸朝向身边的兵卒道："咱们关上有这个人吗？"

兵卒们围上来看了看，都说不认识。那将军叫来一个老兵道："胡子李，你在关上时间长，仔细看看，你对这个人有没有印象？"

胡子李哈下腰去，仔细审视后道："没印象。"

那将军继续问孙清："你往哪里去？"

孙清道："高平关。"

那将军又问："你叫什么名字？"

孙清答道："高平关。"

那将军和兵卒们都哈哈大笑起来。

时间一点点过去了，大家都有些着急，兵卒们道："将军，他被打昏了，还没有完全醒过来，不要管他了，我们走吧。"

兵卒们牵来马，那将军踩镫搭腿上马还没有坐到马鞍上，忽又一掀身子跳下来说道："这个人来也是高平关，去也是高平关，名字也叫高平关，恐怕和我们高平关有些瓜葛。不行，我们得把他带回去，看看是什么情况。"

兵卒们道："他这个样子，怎么带？"

那将军笑道："你们怎的那么死心眼呢，那不是他的马吗，有马还怕带不回去？"

众人遵命，先让胡子李骑到马背上，然后把孙清扶上去，将二人绑在一起。回到高平关东门，孙清醒过来，唔了一声道："我的头为何这么重啊？"

胡子李道："你被人打了。"

孙清身子动弹了一下，大叫起来："你们这些强盗，把我打伤不说，这是还要把我带到哪里去？快放开我，我要去高平关！"

众人嬉笑之间，那将军让人把孙清扶下马来，告诉他，他是被一户人家的家丁打的，他们路过那里把他救了下来，然后指一下眼前的门额道："朋友，我们就是把你带到高平关来了。"

东门上的守兵，见是自己的人马回来了，打开了城门。孙清看一眼关门上方的"高平关"三字，拔腿就往关门里面跑，边跑边喊："我是从京城来的，要见彭百禄将军，有要事相告。"

那将军把孙清请到他的营帐道："我叫彭百福，是百禄的兄长，可以跟我说你的要事吗？"

没想到孙清竟然道："你就是他亲爹也不行！"

彭百福道："可是现在不知百禄在哪里，胡子李，你快去找百禄。"

事情紧迫，孙清急躁道："他在哪我就到哪对他说要说的事。"

彭百福看他一眼，笑呵呵道："你真是个倔巴头。"

胡子李很快把彭百禄找来，彭百禄一见孙清就扑过去搂抱在一起道："孙将军，咱俩两年多没见了，你一向可好？"

顾不上叙旧，孙清放开手施一礼，说出了郭威与李审的密谋。彭百禄惊得啊了一声，深躬下身施礼道："多谢孙将军为了我们元帅的安危，跑几百里来报信。"

彭百禄把孙清向彭百福做了引介，说孙清是自己在襄阳战役中认识的朋友，孙清借此施礼向彭百福感谢救命之恩。彭百福执礼还过，与彭百禄一起到帅堂见过副元帅乐元福，说明了来意，乐元福道："孙将军，我们元帅东征已走几日，你在这里住下安心养伤，让彭百禄去禀报元帅。"

讨伐杜重威大军出发之后，元帅高行周差遣大刀将孟金龙为前锋。这天走在太行山东侧接近河北平原地段，两边的林灌丛中突然冒出很多伏兵，朝着高行周的中军袭来。高行周与随行的李奇、毛松明奋起抵抗，又急命侍卫骑马叫孟金龙回援中军。但前面的道路已被伏兵用树堵塞，一时联系不上孟金龙。在中军后负责粮草辎重殿军的一名副将，带领一队士卒赶来接应，高行周大喝一声："都给我回到各自的位置上去。粮草是我们这几万人的生命，粮草若有失，还怎么打仗？！"

那个副将道："元帅，敌兵众多，您这里人少，让我来抵挡一阵。"

高行周极为生气地又喝道："你没有听见我的话吗？回去，快回到殿军去！"

断喝走那个副将，高行周带领李奇、毛松明与伏兵厮杀，身边的亲兵死伤众多，围攻的伏兵疯狂叫喊："高老鹞，你除了投降，已经没有别的出路了！"

危急关头，彭百禄赶到，喊道："元帅，裨将来了！"

战场上来了生力军，三百骑兵冲将过去，伏兵瞬间败退逃遁。毛松明、彭百禄与高行周回到大帐，高行周不让彭百禄行礼就问："你怎么知道我这里有事？"

彭百禄把孙清所报消息重复了一遍，高行周抚额想了一会儿道："孙清，就是五城兵马司那个副守备使？他如今在哪里？"

彭百禄答道："他在去高平关的路上被人打伤了，正留在关中养伤。"

叹了几口气后，高行周卸下盔甲，擦着脸上的汗道："唉，没想到截击的伏兵这么多，我最怕的是他们射带火的箭烧毁粮草。哼，他郭威还是少了些机算。"

彭百禄微笑道："郭威除了会搞点小动作，还有什么本事？"

高行周道："我又不曾惹他，他竟这般生尽法子加害于我。要不是你来，中军将士不知会有多少死在这里。彭将军，你可以回去了，回去代我谢谢孙将军。你捎话给他，现下不能回京城，就留在高平关做事吧。"

彭百禄施礼道："裨将会对他说的，请元帅保重，告辞。"

送彭百禄回返的路上，一支冷箭嗖的一声射来，射中高行周护身服的铠甲片，将军李奇发现箭是从一株大树侧旁射过来的。他大叫一声"快救元帅"，疾步过去捉住射手，将士们气愤地大喊："李将军，他是刺客，杀了他！"

那刺客挺胸抬头道："我是副枢密使郭威的侍卫，谁敢杀我？"

李奇把手里的刀晃了晃，冷笑一声道："我这个人最感兴趣的就是杀郭威的侍卫，别的人我还懒得动手呢！"手起刀落，那刺客的头顷刻滚落在地。

现在高行周完全明白过来郭威荐他做平叛大军元帅的用意了，他恨恨道："这郭威坏透了！"

在枢密院里等候消息的郭威，心想这次高老鹞死定了。此时，李审走进屋来，施礼毕说道："他们回来了。”

郭威望着屋门道：“快传他们进来。”

李审走到门口撩帷叫进来一位身材高大的将领，只见他走到郭威坐的几案前双腿一屈，跪爬在地禀道：“裨将……裨将无能，没有除掉高老鹞。”

郭威从几案后站起来道：“你偷袭不成功，那行刺也没有得手？”

“得手了。”一个侍卫进来施礼道，“大侍卫一箭射出，高老鹞中箭倒地，就听见有人大喊‘快救元帅’。汉军将士顷刻围过去，哭着喊着把高老鹞抬了回去，哭声不绝。”

李审问：“大侍卫呢？”

那侍卫道：“被汉军捉住砍了头。”

郭威问道：“你看清楚了，那高老鹞确实死了？”

那侍卫答道：“是，死了。”

听他说得恳切，郭威舒心地哈哈大笑道：“总算去了我一块心病，拿酒庆贺。”

正端酒要饮，卧底汉军营里的侦探从外边进来道：“李将军的辛苦又白费了。”

李审问：“不是说高老鹞死了吗，何出此言？”

那侦探道："高老鹞狡狯，怕射来第二箭，他借势倒地装死。"

郭威听了，把端在手上的酒爵往几案上一放，跌坐在座位上干生气。

第五回

挥师邺都行周平叛　粮罄兵疲重威投降

却说邺都城里的叛军头领杜重威，让大将宋彦筠请来驰援他夺取后汉政权的契丹将领萧翰对酌小饮，不经意间听到马嘶声急，不由得顺门望去，只见一个骑马的人直冲大帐驰来。守卫帐门的侍卫一挡，那人跳下马喊了一声"报"，侍卫看清是在外刺探军情的侦探，赶紧揖让出手，允他进帐。

侦探跪下道："禀报明公，从北面来了一支兵马在城西北扎营，请令定夺。"

侦探说的兵马，正是高行周的汉军。

那天打败袭杀他的伏兵之后，高行周领着兵马来到邺都地界。杜重威听了想，若是来打邺都的汉军，应当从南面来，不可能从北面来。他哈过身去问萧翰："萧将军，是契丹又派来助我南进的兵马吧？"

萧翰纵眉想了想道："不可能。"

萧翰的回答让杜重威疑窦丛生，他立刻派节度使判官王敏将军去看看，到底是哪里来的军队。王敏回来告诉杜重威，是刘知远派来征讨的汉军。

杜重威放下酒爵问道："统兵主帅是何人？"

王敏施礼答道："高行周。"

一声"高行周"，令杜重威骇然，他愣在原地不动了。大将宋彦筠朝他叫了一声"明公"，他沮丧地通的一声坐到座位上，失望地叹着气道："唉，我的事没戏了。"

宋彦筠问："明公，您怎么这样说？"

杜重威道："我们遇到强敌了，我还能经略中原吗？"

看出宋彦筠又要说什么了，杜重威伸手制止了他："宋将军，你听我把话说下去。我决定举旗自立的时候，估计后汉刘知远会派兵来讨伐，统兵大将可能是郭威，可现在居然是高行周。那郭威自称通晓兵法，可他并不擅长排兵布阵，又胆小怕事，往往是契丹兵还没到，他就退避三舍了。对付他，就是赢不了，但也输不了。但这高行周就不同了，且不说他一支回马枪无人能敌，他还深谙韬略，用兵如神，常常兵出奇招，险中取胜。逢上这样的对手，我还能称霸中原吗？"

自打杜重威举起反旗后，帐下将士就尊称他明公，但契丹人依然叫他杜将军。萧翰听他说罢，腾地一下拂袖而起道："我看你杜将军是只记得高行周征襄阳斩安从进于城下，忘记了他兵围戚城之败吧。一个高行周有甚了得，把你唬得丢了魂似的，还怎么指挥将士征战中原，夺取汉天下？"

中门使高勋将军道："萧将军说得对，这个时候越是要撑住，您要泄了气，那可真格是全完了。"

萧翰拊掌道："好，这才是勇将气概。杜将军你也是沙场摸爬滚打过来的老手，打过不少大仗，拿出当年之勇，趁汉人马长途而来，立足未稳之际，率众出击，打他个措手不及。"

不知杜重威在想什么，半天不说话，宋彦筠却道："此为兵家惯用手段，高行周能不做提防？"

萧翰坚持己见，他把手臂一抢道："提防归提防，但他们毕竟一路困顿，士气上优势在我，可以一战退敌。"

杜重威被将得脸色泛红，抬眼望着门外的远处叫道：

"萧将军，把你带的骑兵分作两队，每队后边紧随两万徒卒。你领一队出南门由南向北打，我领一队出北门从北向南攻，使汉军两面受敌，这样或可一战退敌。"

很显然，萧翰着急出战 ，他拊掌道："还是咱们杜将军有高招。好，我们就来个两面夹击。"

想打得更有把握，杜重威走出几案对宋彦筠等几位将军道："这一仗事关军威，你等各自用心，不要让我失望。"

宋彦筠等将领俯身参礼道："您放心，我等会阵前效力的。"

高行周的中军大帐里。

侍兵端来茶水，将领们一边喝一边谈论杜重威。李奇将军道："他本身没有多少谋略，连帐下的运粮官李谷将军都看不起他，说他打仗全凭人多，镇州一战斩了安重荣，不过是瞎猫碰了个死耗子，因为安重荣是带病出战的。"

对面坐着的毛松明将军等听了还在哄堂大笑，侦察叛军动静的侦探倒把杜重威的军事行动报来大帐。高行周闻讯站起，自言自语了句"他想趁我立足未稳来袭"，吩咐侦探再探之时，叛军的战鼓就已经擂响。高行周在随征部将和侍卫们的护持下骑马提枪出来营地，望见前面扬起一道烟尘，旋即就见一名侦探下马跪到面前，报说叛军分两路杀来，孟将军与由南北攻的契丹将领萧翰厮杀激烈，敌方骑兵甚是骁勇。高行周听到这里出手一挡，转向身后叫道："毛将军，你带上所属将士去南面看看，如若契丹骑兵气势不减，你从侧面作势猛烈冲击进去，接应孟将军。"

骑在马上的毛松明参礼应道："裨将依元帅之计而行。"

再看从北向南攻的杜重威，虽然感到汉军抵抗顽强，也还勉强应付得了。他命亲兵骑马疾驰往南去见萧翰，探听那里的战情，不料就在这个节点上，一个侦探奔来，大叫："明公快撤！快撤！"

杜重威扭头看了一眼道："为什么？"

那侦探道："背后袭来一支汉军，我军众多将士被杀，无人能挡。"

杜重威只顾向前冲杀，断喝道："高行周的人马都在这里与我军交战，后面哪来的汉军？休来乱我军心。"

那侦探跪到杜重威的马前相劝，杜重威的侍卫赶过去把他拖开，那侦探挣扎着爬起来又道："是有一支汉军从背后夹击而来，小的没有说谎。"

见那侦探再三劝他撤退，杜重威急勒鞍辔，赶紧退到西门附近。

这支汉军是高行周事先以分兵法安排埋伏下的。征讨大军从西北过来的时候，高行周凭借自己之前留守邺都对地形熟悉，骗过叛军侦探的视线，派遣大将刘文瑞带三千人马埋伏在城北，是一支偏师。刘文瑞听到战鼓咚咚咚擂响之后，便领着他的人马从叛军背后压过来，砍瓜切菜般地杀得叛军尸横遍野，惶恐中的杜重威打马三鞭，撤进西门里。从南往北攻打的萧翰，一马当先冲进汉军营垒，遇到孟金龙的反击，很快就由攻势转为守势。此时，又遭毛松明和从北掩杀而来的大批汉军的冲杀，他的成建制的攻守阵脚被打乱，忙从南门缩回城里。

邺都城门门吏，刚奉命关了城门，高行周就领着兵马把城池团团围住，然后回返大帐对众将士拱手道："感谢诸位奋勇杀敌，为国朝取得平叛战役的胜利。没有你们，我高行周能这么快就把杜重威打得缩回城里面去吗？"

大家都沉浸在胜利的喜悦之中，李奇将军从孟金龙背后闪出来，深参一礼道："此战之胜，在于全体将士为国平叛，不惜身家性命挥戈向前，也在于元帅的高超指挥能力，还有就是对方主将的软弱无能。"

忽见有人低声作笑，李奇看是毛松明，急问他："毛将军，莫非我说得不对？"

毛松明谦虚地躬施一礼道："我是说你的这三点太绝了，把我们要说的话都说了。"

刘文瑞把话接过来："那时，我从背后夹击，杜重威怕得直往西城门退，真是吃不住一打。"

毛松明笑道："是的，他们本身无能，还要打肿脸充胖子，摆了个两头夹击的大阵势，看起来挺吓人的，其实没啥用。我受元帅差遣准备去接应孟将军，还没冲到孟将军身边，与他对阵的萧翰人马，不知怎么突然哗啦一下就败了。"

孟金龙对毛松明道："不奇怪，是你这只猫（毛）将他吓得像老鼠一样，咻溜一下钻进门道里面去了。不过你慢了一步，紧凑点的话就把他逮住了。"

众人又是一阵畅快大笑。

第三天申时，高行周出了帐门在外面走动，李奇与一干将军、侍卫随行。从西转到南城门外边，大家站定了查看周边情状。背后忽然有人叫了一声"元帅"，高行周扭头来看，是副元帅慕容彦超，他率领一万多兵马刚赶到。

慕容彦超跳下马弯腰相接两手前拱向高行周揖礼道："我因事来迟，还望元帅体谅。"

事已至此，高行周也不好多说什么，便微笑着还礼道："行了，来了就行了。"

说罢，高行周与慕容彦超并排徐步前行，又目示侍卫牵了慕容彦超的战马，招呼他的随从跟在身后，回到大帐叙礼坐了道："我刚安营扎寨，就遭到杜重威的袭击，幸亏将士们奋力拼杀，压住了他的气焰。"

慕容彦超道："探马向我禀报过，说您武略过人，应对有方，打得杜重威和契丹骑兵缩回城里闭门不出了。"

他站起来正正身形，俯首施礼又道："贺元帅首战告捷。"

高行周扶他重又坐下，召来孟金龙、刘文瑞等将领与慕容彦超见过礼，又对各自部将做了互相引介。茶酒使备好酒宴，大家畅饮漫谈。酒兴正浓时，围在东门的将领拿着一块砖进了大帐，下跪道："禀元帅，刚才东城墙上咚的一声扔下来一块砖，正反两面都写有字，请元帅过目。"

高行周把砖拿在手上看着看着，径自念出声来："你攻城，我内应；不伤亡，保住命。快快灭了杜重威，早早回家探娘亲。"

念罢，高行周呵呵笑道："嗯，写得好，将士里面也有文人。"忽又摇了摇头道："这里面可能有诈，引诱我们上当。邺都城防守坚固，不可操之过急攻城。"

慕容彦超则道："元帅，我的想法是应趁杜重威惊魂未定、军心不稳之际，挥师攻城才是。"

料想这场战争，不可能在预期内结束，高行周道："且莫急，我做过邺都留守，悉知此城易守难攻，强攻伤亡太大，不可取。"

慕容彦超吸一口气道："还是攻吧，用我带来的将士打头阵，早早灭了这个不自量力的杜重威，我们也好回朝复命。"

他怎么这么性急？高行周强抑心中的火气道："你的将士也是爹娘生养的，要爱惜他们的性命。我已差人潜入城里，我们稍等几天，看看里边是什么情形再议。"

慕容彦超面露不悦，只是冷冰冰地嗯了一声。

高行周觉察出慕容彦超带有情绪，他叫一声"慕容元帅"道："我已经把围在东南二门的兵马撤下来加强到西北二门上去了，你带上你的人去东南城门。"

慕容彦超巴不得能有这样的机会呢，然而他的心中，绝不是围东南二门这么简单。

几天后的一个深夜，带兵围在北城门的刘文瑞将军来到大帐，直冲冲地问道："元帅，您命令慕容彦超攻城了？"

高行周道："这话从何说起？"

刘文瑞道："裨将看见城墙上守兵都惊慌着往东城门那厢跑，看样子是那里出了什么紧要的事了。"

这让高行周吃惊不小，他本就觉得慕容彦超这个人不成熟，不够稳当，现在听了刘文瑞这么说，心里就更加疑惑了。高行周走出帐门，望望东面的天空，叫了一声"李将军"道："你带两个人去看看什么情况。"

过了近半个时辰，李奇回来禀报说："慕容彦超督兵攻打东门，被城上的弩箭、石块、滚木击退，死了几百将士。"

他接着又道："一个副元帅竟敢背着元帅私自领兵攻城，这般下去，岂不乱套了。"

刘文瑞也愤愤不平道："是呀元帅，您得追究他无令妄行之责。不然，您如何统率这支兵马？"

"不要说了！"高行周断喝一声，大家都不敢吭气了。

沉寂之中，高行周长叹一口气道："这件事到此为止，谁都不许说出去，只当没有发生这回事。"

次日早饭后，慕容彦超进来大帐，高行周看着他道："慕容元帅，你昨晚有何公干，看你眼睛都熬红了。"

慕容彦超愣怔了一下，心说他知道我攻城了？马上摇头否定，笑了笑道："昨晚想起家中的一些往事，没睡好。"

高行周笑了一声道："巡查围城情况的事留给我，你今天什么事都不要做了，回营帐好好睡一觉，养养精神。"

吃了败仗的杜重威自感无力再战，坐在营帐里只是叹气，部将们见此光景，相继进来劝说，节度使判官王敏恭参礼道："打仗么，胜败乃兵家常事，明公您就不要想它了。"

杜重威长叹一声道："为取中原之地，第一仗就败了，还怎么创业开基，坐上中原龙椅？不过，这也怨不得旁人，都是我鬼迷心窍，想依靠契丹之力取中原，这种错误的想法导致了错误的判断。唉，投契丹上了当，耶律阮原说拿三万骑兵助我打京城，结果只来了三千；说是万人敌的萧翰，连个孟金龙也战不过。我如今是进不能进，退不能退，骑虎难下啊！"

众将领的心情也都不快，宋彦筠的头抬了抬又低下去，下颌挨近领口，像钻在被窝里说话那样，闷声闷气道："禅将对此战也想了许多，投契丹本身是一步险棋，您要的是君临中原的权力，人家要的是钱财。在没有得到他想要的东西之前，他能拿出三万骑兵为您打汴梁灭汉吗？这是一；二是一些中原籍将士不愿受契丹人摆布，士气不高，遇到的对手又是高行周，怎能不败呢；再就是……"

杜重威接住他的话道："我这个统帅指挥也有失误，如果高行周的偏师袭来时，令一两员大将及时去阻击，也不至于败得这般惨。"

史书上记载"杜重威出于伍卒，无行而不知将略"。宋彦筠此时想起出战时李谷说，这个节点出击看似可行，但面对的对手不同，军事策略没有把握，不可行。战局表明李谷的谋略高于杜重威，宋彦筠叫一声"明公"道："裨将看出李谷将军对治兵打仗有些见识，您不妨让他随侍身边参谋军机。"

杜重威只是叹气，不以为然。

须臾，杜重威突然怒吼道："拿酒来！"

侍兵吓了一跳，赶快斟满一大碗酒递过去，杜重威大口大口地喝着道："契丹人不可靠，我错投了主，让你们也跟着我丢脸。"

看样子，杜重威现在已经失去了理智，只顾喝酒。王敏将军把手一摆道："明公，您不能再喝了，不是说借酒浇愁愁更愁吗？这般下去，如何走出困境到达中原呢？"

杜重威坐着不吱声，只是不管不顾地喝酒。

接过王敏的话，中门吏高勋两脚前挪少许施礼道："明公，我们还是返回汉国吧？我听说刘知远这个人比较善良，您写一道奏表，我带上去拜见刘知远，如何？"

杜重威不想听他絮叨，摇头道："听来的东西不靠谱，不要枉费心机了。"

又喝了几口酒，杜重威放下酒碗，擦了擦残留在嘴唇上的酒沫道："我年轻时在一个山村听过一支小曲，'斜坡路一脚宽，一脚踩错万脚难'，已经走在斜坡路上了，返回去也难……难……"话还没说完，杜重威就上身朝前一倾，一只手臂放到案面上，头枕手背睡着了。

恰于此际，李谷一脚踏进门来叫道："明公。"

高勋用手势阻止他再说下去，李谷瞅着杜重威的睡样直摇头。

何止李谷这般泄气，将士们对夺取中原普遍信心不足成了杜重威皇帝梦之殇。

过了二十多天，杜重威去契丹援军营地看望萧翰，但萧翰不在营帐，返回的时候绕城墙看了看围城的汉军就回去了。一个时辰后，萧翰来到中军大帐问道："杜将军，您找我有事？"

杜重威见他并未行礼，忍气施一礼道："你到哪里去了？"

萧翰道："去了一趟侦探那里。"

他又私下里派侦探了？杜重威心中充满疑惑地问道："侦探？从哪里来的？"

这时的萧翰挺神气的样子，笑道："我派他去汴梁城走了一趟，你知道他带来了什么消息？他说刘知远差遣高行周做统帅，是郭威的主意，他要借机灭了姓高的。高行周统军来的路途中不仅遭遇伏击，而且还差点被刺客要了性命，听说刺客就是郭威的亲兵。"

"嗯，还有这等事？"杜重威道，"他俩同朝为臣多年，郭威怎么会暗中加害于他呢？"

萧翰呵呵笑道："这人世间的事真是一言难尽。过去是好友，现在是对手，这叫一条槽上拴不住两头叫驴。郭威进入枢密院，又手握兵权，可他在刘知远那里不得宠。那高行周虽然只是一个关隘的总领兵，却因武艺高、人忠厚，深得刘知远的信任。郭威看了眼红，生着法子要灭了他。据说袭杀高行周的密谋，被人告给了高行周，高行周能不恼恨郭威吗？会不会以其人之道，还治其人之身呢？咱们就瞪大眼睛等着瞧吧，他们窝里斗，对咱们有利，到时候逮住机会我们就能冲出城去。"

杜重威听出了一丝希望，他道："派你的侦探到郭、高两人的兵马中散布些谣言，就说高行周要带兵杀回京城，取郭威人头，加剧双方内斗，只要围城的汉军稍微松懈，我们就可以出去。"

萧翰又呵呵一笑道："杜将军，好，我再派人去。"

两天之后，萧翰来见杜重威道："杜将军，我到城上看了，围困东南二门的汉军放松了百姓出入，我们可以借此出兵攻打高行周围城的兵马。你若同意，我们即刻从东南二门冲出去。"

杜重威阴了脸道："敌兵势强，我军不振，眼下不宜出战。"

看出杜重威怯阵不战，已经没有发动战役性进攻的可能性了，萧翰感到留下来要不出降，就得死守，死守下去那不就是等死吗？不行，自己不能死在这里，于是说道："杜将军，你牢牢守住城池，我回去觐见国主，再增加几千骑兵来助你出城南进。"

　　杜重威相信萧翰说的是真话，等到天黑，遂派兵佯攻南门，萧翰从北门出走。

　　萧翰一走，杜重威失去了突围出去的机会，遂又差遣儿子杜遂去请求契丹驰援。契丹主耶律阮诏见萧翰道："杜重威派他儿子来求援，你带几千人马去。"

　　萧翰施礼道："不是臣不愿去，是那杜重威根本就是个扶不起来的阿斗，他做不了中原之主。"

　　耶律阮觉得不助杜重威，又少了来钱处，便命幽州节度使张琏带了一千徒卒来助杜重威。

　　后汉太祖刘知远设朝广政殿，与群臣商议治国之道，忽有黄门官趋步进前呈上一份奏表。刘知远拆封览毕，把奏表摔到几案上，吓得在殿臣僚惊恐后退之时，只见刘知远将翰林承旨使孟业叫到案前，命他骑马赶往邺都阵前，让统兵副元帅慕容彦超刻日来朝见驾。慕容彦超不知出了什么事，急忙随孟业赶回京城。看到刘知远脸色阴黑，慕容彦超预感大事不妙，便加了小心哈腰背拱手施礼道："臣慕容彦超觐见陛下。"

　　慕容彦超是吐谷浑人，是刘知远同母异父的弟弟。他本事不大，傲气不小，不满高行周对邺都城围而不攻的做法，草拟一道奏表告刁状，说高行周的女儿是杜重威的儿媳，顾及亲家关系，高行周对叛贼杜重威围而不攻，建议刘知远对怠慢皇命的高行周革职查办，由他来统兵攻城，诛杀杜重威。太祖刘知远把那奏表展给慕容彦超看，问道："这是你写的？"

慕容彦超前倾看后道："是。"

刘知远把那份奏表捧到慕容彦超身上道："你看看你都写了些什么？高行周是那种怯阵不战的人吗？朕告诉你，他对朕的忠贞不亚于你。朕点你做副元帅，不是叫你暗里去监视他，是让你向他学习治兵的本领，将来征调你任侍卫亲军都指挥使，你连这个也悟不出来？你太令朕失望了。"

慕容彦超微抬一下头道："可是……可是……"

刘知远大声道："可是什么？说呀！"

慕容彦超被问得哑口无言，脸上的汗也渗出来了。刘知远从几案后走到几案前，在慕容彦超身边走了几步，返至几案后坐下，深深地吸一口气道："你大言不惭让朕革了高行周的职，你来统督兵马攻城，朕告诉你，打仗全凭将，就你那有一下没一下的能耐，能斗得过背后是契丹的杜重威吗？朕太了解高行周了，他为什么围而不攻？"

慕容彦超强白一句："他剥不下亲戚关系的那层面皮。"

这又点燃了刘知远的怒火，他啪啪啪地连拍几下几案道："你就知道个他们是亲戚关系。朕告诉你，高行周很清楚强攻时机不成熟，不成熟就不能强攻。朕估计他是在等，等可以战胜敌方的时机，这不是怯阵不战。高行周身上有许多东西需要你学习，你慢慢领悟吧。明天你就返回阵前，向高行周道歉，虚心向他学习，下去吧。"

慕容彦超复又深施一礼说道："道歉？臣弟有什么可向他道歉的？"

刘知远道："你还嘴硬，你写奏表要求革职查办高行周不该道歉吗？你背着他半夜攻城死了几百人，不该道歉吗？"

慕容彦超惊恐片刻道："臣弟敢问陛下，姓高的向您告御状了？"

刘知远道："朕坦诚对你说吧，高行周没有那个闲工夫，是你的部下。凡事不平则鸣，你的部下都看不惯你的一些做法子，给朕写了奏表。"

见刘知远连他夜攻邺都东门的事都知道了，慕容彦超这才低头认错："请陛下放心，臣弟会按您的教诲去做。"

对于攻打邺都城的叛军，刘知远不急，副枢密使郭威却急了。他着急的不是赶快消灭了杜重威，而是想尽快除掉高行周。连环袭杀高行周失败，郭威并不甘心。李审提议再次偷袭，郭威听了道："你的计是好计，只是偷袭高老鹳营帐，兵少了不行，多了容易暴露行踪。"

李审连连称是，但他不死心，脑子一转道："再派刺客，暗箭射杀。"

一个"箭"字，提醒了郭威，他止一下李审道："不用暗箭，用明箭，让他攻城，城上箭矢如雨，总会有一箭射中高老鹳，让他死在明处。"他让李审附耳过来，说了他的想法，随后兴致勃勃地朝广政殿走去。

殿堂里，刘知远召集近臣询问南唐动态，史弘肇回话说他们发动两次北伐，都被打退了，最近平安无事。待史弘肇的话音一落，郭威跬步趋前深揖一礼奏道："启奏陛下，邺都的战事耗时已久，再延宕下去，国库消耗不起，尤其是粮草转运，大几百上千里，路途又时遭契丹、沙陀、吐谷浑游兵和地方土匪抢掠，请陛下裁夺。"

郭威刚一说完，丞相苏逢吉就住话茬道："陛下，北边战事不能久拖不决，当断不断，必受其乱呀！"

刘知远走下陛阶，急促的脚步声让那些近臣躁动难耐，大家议论纷纷。

唯有史弘肇好像很平静，缓缓施礼道："高将军是久征沙场的老将，他不急攻，自有他的道理。"

只是在郭威听来，特别刺耳，他唰地劈出一个手势道："史将军，那也不能全由他吧。"

锣鼓听声，说话听音。郭威借着回击史弘肇，隐晦地将了刘知远一军。刘知远明显感觉到郭威恨他，更恨高行周。他咳了一声，压了压火气道："拖下去也不是办法，杨爱卿你与苏丞相佐太子监国，朕决定御驾亲征，你们下去准备吧。"

这年十月初，刘知远在三司使王章的侍随下，来到邺都城下，差遣给事中陈观持诏入城劝说杜重威，许诺保他不死，但杜重威不为所动，一把抓起案面上的剑要杀陈观，宋彦筠出手按住他的剑道："明公，使不得，两国交战，不斩来使。"

杜重威愤然投剑于地上道："逐出他去！"

陈观回见刘知远，说了被逐之状，刘知远道："这个杜重威，给他个台阶下，他还不下，攻！"

高行周谏道："陛下，这会死很多人啊！"

刘知远以手抚额还在考虑，慕容彦超却已暗叫他的将士擂响了战鼓，将士们举旗呐喊架起云梯一次又一次地往上冲，但一次又一次地被城上叛军的刀枪弩箭、滚木礌石击退。高行周急红了眼，在喊杀声、马蹄声中，冒着城上纷纷射下的箭矢，策马持枪前冲要上云梯，身中数箭。

将军李奇急得嘶声大喊："快去救元帅！不能让他上云梯！"

孟金龙马快，和身边的一干侍卫窜上前去拉住高行周的马缰绳，把他救回来。

强攻死伤一万多人，尸横遍野，不禁令人唏嘘。

高行周流着眼泪跪在刘知远马前道："陛下，邺都易守难攻，我们这是用不易强攻而强攻的错误打法与坚城固守不出的对手打了一场错误之仗呀！"

刘知远认为高行周的战略是对的，他大为感慨，下马搀扶起高行周道："此过在朕不在你，起来吧。"

刘知远当场封高行周为临清王，待高行周跪下叩拜谢恩起来之后道："如果朕把彦超带回京城另有任用，留你一军在这里，兵马够不够？"

高行周马上想到刘知远悟透了这里的情况，但他并不完全知道慕容彦超告刁状的深层含义，便道："按说是少了点，但杜重威固守不出，有臣的几万兵马也够了。"

见高行周这么说，刘知远笑了笑，自己回了京城。

杜重威打退了攻城的汉军，有了突围出去的信心，与张琏商量突围的兵力部署时难题来了：一个是大将宋彦筠箭伤复发，不能上阵厮杀；二是王敏部下牙将率三百兵卒哗变，出城投降了汉军，汉军必有准备；其三，临近的策应将领也动手了，安国军节度使薛怀证杀契丹将刘锋，城头变换大王旗。

这天傍晚，杜重威和张琏去看望宋彦筠，宋彦筠说为十万将士性命着想，不如开城出降。张琏拒不投降，直至城中弹尽粮绝，杜重威素服出城请降……

临清王高行周班师回朝复命，刘知远带着杨邠等僚佐走出广政殿相迎。

高行周拜毕站起，拿出平叛得胜表章深哈腰背双手捧着呈上，刘知远接了随手转给身后的吏部尚书平章事杨邠，然后前倾折腰伸伸手扶了高行周步入殿堂，设盛宴庆功。

刘知远笑着道："高爱卿这一战威震天下，劳苦功高，朕赐你酒三爵。"

高行周又赶快相接两手前拱恭敬揖礼道："谢陛下。"遂接酒在手，伸颈而饮。

接着，杨邠、史弘肇、王章、郭威、苏逢吉以及老太师冯道等，都敬酒贺高行周平叛凯旋。

郭威绷着脸，望着如此场面心中不悦。

第六回

史彦超泄愤打钦差　郭文仲遇救议兴兵

频繁的应酬，让刘知远应接不暇，今天又去看望了一回高行周，这便劳累过度，歇在寝宫将养。杨邠、史弘肇、王章和郭威来看望他，刘知远道："朝事有你们几个，出不了大事，时下所忧者是与我北界接壤的契丹，常常来扰边。郭爱卿你和高爱卿的声望对契丹有威慑力，他在高平关不能动，朕意还得你去坐镇邺都，你看如何？"

　　郭威不敢抗命，施礼道："臣领旨。"

　　又过了一段日子，刘知远忽命侍卫把杨邠、苏逢吉、史弘肇、王章、高行周、郭威等诏来，安排辅佐太子刘承祐御国理政的事后，于乾祐元年（948）五月二十七日驾崩于万岁殿，享年五十四岁。

以枢密使杨邠为首的顾命大臣，扶太子刘承祐即位于灵柩之前，史称后汉隐帝。

刘承祐是刘知远第二子，时年十八岁。他遵遗命令殿前武士拘捕杜重威斩于市曹，然后发丧殡葬太祖刘知远事毕，便在广政殿东庑下诏见群臣，尊母李三娘为皇太后，册立苏氏为皇后，封李业为武德使，李洪建为卫将军，其余僚佐除加封杨邠为丞相之外，别的人维持原职。

这时的刘承祐初涉朝政，还没有足够的能力驾驭朝政，主导历史进程，但他却自命不凡，只让岳父苏逢吉、舅父李业等参知军国要务。这些人以外戚干政，贪权害事，说杨邠、史弘肇、王章等位高震主，久必为患。刘承祐害怕起来，遂与李业、郭允明、聂文进等密谋，趁杨邠、王章上朝，让暗伏的甲士击杀于去广政殿的东庑下。

史弘肇来得迟，没有遇害，但苏逢吉、李业等时刻找碴陷害他。

此时侦探报来一则消息，说郭威在邺都招兵买马，扩充势力，恐怕另有图谋。

苏逢吉早就想把手握兵权的郭威扳倒，又苦于没有理由，今天终于有了借口，一股盛气上朝，随众朝臣朝拜毕，他跬步出班奏道："臣斗胆问陛下一句话，您诏命邺都留守郭威招兵买马了吗？"

刘承祐不觉一愣道："他那里已有几万兵马，不需要扩充新兵。"

苏逢吉道："臣昨晚得到密报，说郭威在邺都招兵买马，望陛下裁夺。"

闻听此报，刘承祐大惊道："这么说，郭威有阴蓄不臣之心了，让朕如何处置是好呢？你传朕口谕，速差使前往邺都调取郭威来京查对问罪。"

总想速战速决的苏逢吉攒眉道："这怕是不妥，他心里有鬼，怎会就范呢？"

刘承祐问他："那你说怎么办为好？"

苏逢吉倾身前哈挨近刘承祐耳边说了他的计策，刘承祐龙心暗喜，两眼瞅着下面的臣僚，低声道："好，你速传朕口谕，差使办理去吧。"

史弘肇见二人行事诡异，谅来不会有什么好事，便把红袍前襟微微一摆，前迈半步躬身揖礼奏道："臣不敢武断说苏丞相所奏不实，但郭威佐先帝披坚执锐，征战强寇，创业开基，多有功劳，由此先帝委派他镇守邺都。今听信苏丞相的只言片语就怀疑郭威的忠诚，这可不是为君者治国御民的政德气量。"

他的话让苏逢吉听了就来气，喝道："放肆，你竟敢拿这样的言辞诬蔑陛下，该当何罪！"

刘承祐出手止一下苏逢吉道："让他说下去。"

史弘肇秉直敢言，一根筋认死理拗到头说道："臣深知郭威本性，他不会背叛国朝，陛下不可听信谗言加罪于他，那样会发生变乱，请陛下明鉴。"

班列位置紧挨史弘肇的苏逢吉，半转身体对史弘肇道："姓史的，你不要血口喷人，向陛下进言臣子有责。况且，我苏逢吉是在大殿广众之下奏闻陛下的，你把这说成谗言，有意搬弄是非，混淆视听。现在陛下和同僚们都可以证实，我苏逢吉是根据侦探所报上奏的，并不是我私下里捏造。"

史弘肇与苏逢吉相互忌恨由来已久。乾祐元年（948）冬，三司使王章在官邸设酒宴，史弘肇与苏逢吉等在座宴饮，因话不投机，二人发生口角，苏逢吉中途退场策马而去。自此，将相失和，势如水火。此刻，史弘肇指着苏逢吉的鼻子骂道："你这个奸贼，为了独揽朝纲，生尽奸心设计害人。前时暗伏甲士，把丞相杨邠、三司使王章杀死在殿堂东庑下。那时，要不是有人拦住我在路上说话迟到了一步，我也死在暗伏甲士的刀下了；今又借故郭威招兵买马，图谋不轨，欲置郭威于死地，你的这种奸心有几个人看不出来！"

半晌不出声的刘承祐突然把手一招问道："在路上拦住你说话的人是谁？"

史弘肇借深躬施礼，思索着如何回答刘承祐的问话，他道："恕臣不能说出他的名字，说了就等于把他送在陛下您的屠刀之下了。"

啪的一声，刘承祐一拍几案，随之眉头一拧，沉着脸伸手不住地指戳着史弘肇道："你把朕看成什么人了？朕是那种滥杀无辜的人吗？自即位以来，朕爱民恤士，宽刑释囚。朕问他是谁，是觉得他无意中让你躲过一劫，你得去感谢他。"

刘承祐的话正点到史弘肇的话头上，史弘肇道："陛下您这样说，臣可要说几句以下犯上的话了。您是释放了乾祐元年二月十三日之前的囚犯，可是另一面呢，杨邠、王章拥戴先帝打江山建汉有罪吗？他们拥戴您登基称帝有罪吗？他们为什么被杀害？杨邠是佐您掌控国柄的首辅，王章也是重臣，没有您的许可，谁敢擅伏甲士杀害执政大臣？"

　　如此这般，问得刘承祐半天说不出话来，苏逢吉着急道："姓史的，你不要生拉硬扯往陛下头上泼脏水，甲士杀人是那些甲士的事，与陛下何干？你竟这般罔顾事实，诬陷陛下，还不跪下谢罪！"

　　史弘肇愤愤不平道："你还有脸说与陛下无干？哼，都是你和李业这些偏离王道之人蛊惑陛下造成的。"

　　被激怒的武德使李业，气呼呼地刚要抬脚出班反驳史弘肇，忽见刘承祐投袂而起，唬得他赶紧把脚收回。

　　刘承祐一脸怒气道："朕登上皇位，一是遵先帝遗命行事，未尝失德；二是所用臣僚皆有才干，进言献策，佐朕治国安邦，未出大错；三是先帝临终前说郭威外忠内奸，防他借故生事篡国。现在他私自招兵买马，反心已露，说明侦探密报、丞相所凑属实无误，你反而说朕宠信奸邪小人，听信谗言，枉杀忠良，真正是居心叵测。论国之常法当斩，朕念你先朝老臣，革职为民，退下去吧。"

　　事至此境，史弘肇又气又恼，暗自叹息这锦绣河山将毁在昏庸无能的刘承祐之手了。他这么想着，两手摘下头上的官帽子朝刘承祐一扔，转身要走，却见苏逢吉冷眼看他，不觉怒火攻心道："都是你这个欺君误国的奸贼，把我也害成这个样子，待我一掌打死你这个狗东西。"他浓眉高额，两眼朝苏逢吉一斜，上手将苏逢吉打倒在地，苏逢吉顿时口鼻出血，大喊大叫道："反了反了，史弘肇与郭威实属一党，里外勾结，叛国谋反，望陛下先把这个反贼收捕了治罪。"

亲眼看见史弘肇把苏逢吉打倒在地，刘承祐先让殿前侍卫扶起苏逢吉，随后手指史弘肇道："你骂朕昏庸不明，朕以你一时冲动没有追究你的罪责，但你自恃功高又当殿殴打丞相，朕不能容。"

说到这里，他嗓门一提大声叫道："武士们，速把史弘肇这个反贼给朕拿下，押出市曹立斩！"

史弘肇挺胸伸手指向刘承祐道："你昏庸无道，苏逢吉诬陷我私通反贼，你也跟着他冤枉我私通反贼，证据呢？拿出证据来！"

刘承祐被问得哑口无言。

史弘肇趁势又道："臣奉劝陛下，没有证据就不要跟着苏逢吉乱喊乱叫冤枉臣。"

说史弘肇私通反贼，是个莫须有的罪名。刘承祐心虚，又怕史弘肇再让他拿证据，急得他满头大汗大喊道："快，快把史弘肇押出市曹立斩！"

顷刻，殿前庑内走出四个武士，执刀提绳将史弘肇绑了，押了往殿外走，史弘肇骂不绝口："你这个昏君也不想想，你斩我，就是自寻死路。我敢断言，今天斩了我史弘肇，明天就有人举反旗，过不了几天你就完蛋了，昏君……昏君……"

殿堂里的文武僚佐多有不平，出现了一些骚动，有的人低声私语，有的人瑟瑟发抖，却没有人挺身出班保奏。

自此，后汉国又少了一个忠臣良将。

澶州总兵史彦超，这天政事不多，与属下幕僚坐在屋里说笑闲聊，一个家仆踉踉跄跄扑进门来，一头跪倒在地，禀报了史弘肇被杀的凶信："昏君听信苏逢吉一面之词，说主人与郭威私通谋反，将他绑赴市曹斩首，遂又派遣兵马围捕全家老小一并杀死。小人在外办事侥幸逃过一命，跑来给将军报信。"

史彦超听了，当下惊恐昏倒在地，麾下将士把他救醒。设了灵堂，史彦超披麻戴孝痛哭流涕道："大哥，你在天之灵看着吧，小弟凭这条命也要与昏君刘承祐拼一拼！"

为了给史弘肇报仇雪恨，史彦超起兵要去汴梁寻找刘承祐。将士们阻拦之间，守门兵卒进来施礼道："外面来了一位客人，说是从京城来的，要见将军。"

史彦超出来门外，那客人一脸神秘的样子朝两边看了看之后，对史彦超道："我是李洪义将军密使，李将军被派遣来逮捕你，但他怜你是个忠臣，不能再落入奸党之手，派在下来转告你赶快逃走，他好以没有抓到人回朝复命。"

闻此，史彦超感激涕零，纳头而拜道："谢谢你，也请你代我谢过李将军。"

密使道："不用谢，你赶快逃命去吧。"

送走密使，史彦超带领兵马向北走出数十里，迎面遇见一列官兵押着一辆木轮车走来。史彦超叩马望去，仪仗虽不十分隆重，却执一柄大钺，心里还在想是哪个大臣办理皇差路过此地时，就见对方的大钺摆动了几下。这是皇权的象征，前面的将士问道："将军，我们回避不回避？"

史彦超道："不理他，只管前走。"

大概对方见他不做任何表示，走在行列里的官员拨开兵卒闪身出来，史彦超见是后汉国翰林承旨使孟业和苏逢吉之子、皇帝御林军大将军苏豹，怒火中烧，命侍卫向后传令道："准备厮杀。"

相向而行的两支兵马渐走渐近，史彦超立马横枪挡在路中，苏豹当然知道他是史弘肇的弟弟，看出他毫无表示

132

的意思不说，还身穿一身丧服，真是倒霉，今天怎么碰上这等事？他厌恶地喝道："史彦超你好大的胆子，本大将军奉命办理皇差路过此地，你竟敢立马横枪挡住去路，我看你是不想活了。"

史彦超拿手中的枪指一下苏豹道："你说得有几分道理。我兄长被奸贼苏逢吉以私通郭威谋反罪被杀，我本想召集兵马去京城把那昏君刘承祐和奸贼苏逢吉杀了，但帐下将士劝我从缓计议，这才领兵来到这里。"

他看一眼苏豹道："几年前你和你爹在勾栏院围捕赵匡胤，我就看出你和你爹一样奸，早想结果了你这条狗命，为忠贤之臣出一口恶气。今天我们于此相遇，也算是冤家路窄，待我杀死你们这些受昏君和奸贼苏逢吉指派的狗东西，再上京城把苏逢吉、刘承祐杀了，方能解我心头之恨。"

史彦超厉色厉声的叫骂，让苏豹满面紫胀。他倏地一把从兵卒手里夺过长柄大钺朝史彦超砍去，满以为史彦超会出于对大钺的敬畏而退却走开，可他估计错了，史彦超身子一挺出枪接招。战了几个回合，苏豹不能取胜，便急转马头，举起大钺照史彦超面门砍来。史彦超横枪向上猛一挡，钺柄咔嚓一声折断。旋时，一支长枪从空中唰的一声扔过来。苏豹接枪在手，使劲戳向史彦超胸前，两支枪吭当一碰，苏豹的长枪又折断了。苏豹惊慌旋马退到那辆木轮车边，史彦超这才看清那是一辆囚车。

估计车里的人早已听见了外面的叫骂声和厮杀声，冲外面大喊一声："史贤弟救我！"

喊声惶恐而急迫，史彦超并没有听出他是何人，于是出手暗示将士们向囚车杀去。

守护在囚车跟前的孟业，把手中明晃晃的剑一挥，大吼一声："谁敢救，与他同罪。"

说时迟，那时快，一杆枪唰地一下直朝孟业刺来，史彦超已经杀到囚车边来了。孟业赶紧撂下剑，接过兵卒们递来的长柄大刀，与苏豹一起对付史彦超，但他二人也不是史彦超的对手。孟业左肋被史彦超刺中，负痛爬在马背上逃走。苏豹孤掌难鸣，望着囚车叹一口气，勒一下鞍辔转马往南撤退。

史彦超向前追了几步，就返回来命兵卒劈开囚车救人，救出来的竟是郭威。史彦超不禁啊了一声："文仲兄，哦，不，在下当称元帅，元帅怎么是您？"

郭威也愣了一下，他见史彦超身穿重孝，不由得问道："你这是……"

史彦超热泪长流道："刘承祐听信苏逢吉谗言，冤枉我兄长与您同党，里外勾结叛国谋反，把他斩了，还抄了家，老少百十口人全被杀了。"

郭威道："他们要搞一朝天子一朝臣，要把我们这些老臣都杀光。"

兵卒割断反绑郭威手臂的麻绳，郭威一头俯下去谢史彦超相救之恩，史彦超忙伸双手扶起郭威道："元帅请起，我如何承受得起您的拜谢。"

史彦超拭泪又道："苏逢吉操纵朝权，一面在朝廷杀我兄长，一面差使到邺都收捕您，还派李将军去澶州捉拿我。他们派两个大臣持钺去邺都，就是要万无一失，收捕您回朝治罪。"

郭威道："今日午前，我与部将正在帅堂议契丹人窜扰边境的问题，辕门官通禀说来了两位朝官，带三百兵马，要我去接旨。从禀报里，我听出来头不小，便领了几位将军去迎接。那钦差使臣孟业和苏豹来到帅堂，宣读诏旨后，不容分说就要绑了我。我不胜惊疑地问：'你们就凭诏旨说的那点理由就来拿我回朝？'苏豹道：'你无令无诏，私自招兵买马，蓄意谋反，这还不够吗？所以朝廷差遣孟大人和我拿你回去问罪。'我反驳道：'河汉驿之战死伤将士甚多，补充缺额是阵前将领本职所在，这有什么罪？'苏豹被问得无话可说，孟业接嘴道："你到朝里问陛下去吧，我们只管奉命拿人。'"

史彦超问道："您就这样被他们拿了？"

郭威道："他们绑我之时，我的监军柴荣手执宝剑走到我面前，说元帅不能由他们绑了去，这一去断无生还之理。我说二位钦差持圣上明诏在此，怎能不去？柴荣摇头道，说是天子明诏，谁知道那诏旨出自何人之手。当朝少主不明，奸邪干政，贤臣靠边，很难判断诏旨的真伪。他的话惹恼了孟业，孟业大声呵斥道，你竟敢诽谤朝廷，给我绑了。他的武士顷刻站出来四人，把柴荣按倒在地捆绑了。这时我帐下的行军司马王峻等一干武将手执兵器闯进帅堂，苏豹手握佩剑大吼，郭威招兵买马谋反，还想抵赖，看看这不是谋反是什么？事情僵到这个份上了，我只能断喝将士们退下，但王峻等人说，对这等不讲理的钦差，我们不能退，我们与他拼个鱼死网破。"

这等刀光剑影的场面，令史彦超内心震撼道："我就喜欢将士们的这种性格。"

郭威却道："可是事情总不能这般僵持下去，一边是柴荣骂奸贼，王峻他们要拼命，一边是苏豹拔出佩剑挥动着想开杀戒了。王峻不吃这一套，也把剑一挥问苏豹，你怎么不动手，你的剑是杀人的，我的剑也是杀人的。来吧，咱俩剑对剑拼个你死我活。可能觉得我们人多，苏豹没敢动手。我想了想说，钦差大人，诏旨指名道姓要拿的是我郭威，与别人没有干系，你们把监军放了，我听从你们发落。苏豹说柴荣干扰钦差公务，不能放。我说不能放，那你们就等着吧。孟业比苏豹脑子灵活，扭头瞥了一眼苏豹，让武士放了柴荣，把我捆绑了推进囚车来到这里。也是我幸运，若不是遇上你，到了京城我肯定是死路一条，还是要谢你。"

郭威说完就要下跪，史彦超赶忙拦住。郭威见史彦超仍然戚容满面，问道："你准备往哪里去？"

在路上，史彦超已经想了一些他的去处，便道："我想到北边去联络几个节度使，聚集兵马南去讨伐昏君为兄长报仇，不知道行不行？"

郭威轻摇手道："你若愿意，可随我到邺都，我的军营就是你的家。"

史彦超略一想，跪下道："谢元帅愿意收留我史彦超。"

郭威扶起史彦超，二人正待上路北走，便见十骑人马顺驿道飞驰而来，郭威招手大叫："荣儿贤侄，你怎么来了？"

原来，钦差押走郭威，柴荣骑马奔至北城外大营找到赵匡胤，急慌慌道："快跟我走！"

赵匡胤问道："去哪里？"

柴荣指一下野外道："救元帅。"

有些莫名其妙的赵匡胤瞥了他一眼，忙问："救元帅？元帅怎么了？"

柴荣道："他被朝廷来的钦差收捕带走了。快！带上你的盘龙棍，叫来三弟他们几个一起去。"

就这样，柴荣、赵匡胤、郑子明、张光远、罗彦威、赵修巳、王峻、石有信、李荣、马全义等骑马追来，郭威笑道："看你等一个个身披重甲，手执利器，欲厮杀救我吗？"

柴荣道："是，在路上我二弟匡胤说，咱们追上囚车，或将二位钦差杀死，或将他们绑了做人质解到京城，逼奸贼苏逢吉胁迫刘承祐献城投降，免得将士流血，便可一举灭汉。"

好厉害的谋略。郭威心里想着赵匡胤真是有胆有识，目光顺赵匡胤脸上掠过朝向众人拱手揖礼道："谢诸位一腔忠义赶到这里。"随之身体一转，把史彦超推到众人面前道："是这位义士救了我。他叫史彦超，是朝中平章事史弘肇的胞弟，任澶州总兵。奸相苏逢吉诬陷史弘肇私通我郭威谋反，刘承祐将他斩于市曹。接着派遣两路钦差收捕我和史彦超，史彦超将军得李洪义事前透信逃跑路过此地，战败孟业、苏豹救了我郭威，你等上前与他见礼。"

大家都十分钦佩史彦超的勇武，互相施礼自我介绍，一起保了郭威返至邺都帅堂，商议起兵之事。

监军柴荣道："在下以为如今奸邪惑主，王道失常，朝纲紊乱，元帅应当趁此兴兵，杀向京城灭汉，改朝换代，另立王业，有何不可？"

众将对后汉国也不抱幻想，齐声道："柴监军说得有理，天假之便不可错过。元帅，反了吧！我等愿效力马前，助您成就大业。"

部下鼓噪起兵，郭威甚是感激。因为他早想取代刘氏政权自立为君，方可置高老鹞于死地，但他又怕力量不足，落个偷鸡不成反蚀一把米。现在一是刘承祐他们已经认定自己要反，反也是反，不反也是反，不如干脆反了，或许还有一条活路；二是众将心齐，愿意拥戴。

郭威喜出望外，嘴上却道："大家的心意我领了，可我从未想过称王称帝，你们快不要这般说了。"

他刚说完，便见一人往起一站，揖礼道："元帅，无须低估自己，您还是依从众将之议，高举反旗只管南去。在下已看过天象，此行必胜。"

说话的人叫王朴，字文伯，山东东平县人，有王佐之才，是五代名臣，时任郭威帐下参军。

郭威问他："先生，你凭什么说必胜？"

王朴为人机敏多才智，前两年就看出郭威已经不满足于所握权力了，他说道："从当前态势来看，刘承祐不懂为政者德化为先的道理，还听不进别人的意见，一味以杀示威，维持自己的政权，殊不知这样做是稳不住社稷的。皇帝和僚佐以及藩镇官员尔虞我诈，狗咬狗一嘴毛。大局失控，哪能形成一致对我的征战意志，这是其一。二是久经沙场，富有征战能力的史弘肇、王章被杀，其他的什么将军、大将军，都是徒有虚名。留下一个高老鹞，号称当今天下第一战将，但他是先帝刘知远的爱将，刘承祐对他不感兴趣，再加上苏逢吉从中离间，刘承祐即使用高老鹞，高老鹞也未必全力保他。三是不修兵甲，还滥杀功臣，将士寒心。京城兵马不下十万，然士气低落，将士全无斗志。相比之下，我方赵匡胤他们来投，史彦超加入，兵多将广，斗志旺盛，焉能不胜？"

说到这里，郭威呵呵笑道："好，所论有理。"

不知何故，第二天郭威又犹豫起来，他早早地就来到帅堂，召集众将道："我想了一夜，还是有所顾忌。"

堂下的王朴道："昨天不是已经说定了吗，您还疑虑什么？"

时下，郭威担心的是过黄河，他道："从邺都到京城路途遥远，我兵一动，沿途州县就会派兵袭扰，并差遣快骑驰报入朝，那刘承祐若是调集各路诸侯堵在黄河岸边，我军如何过得？我看还是不要冒这个险了。"

王朴微笑道："您怕半渡而击？"

郭威点头道："黄河是天险，万一刘承祐派遣弩箭手封住河岸呢？"

他的话音一落，旁边噌的一声站起来一将参礼道："元帅勿忧，附近州县将领在下略知一二，没甚能人，请您允我打头阵，我现在就派我的人集结到黄河渡口处，掩护大军过河。"

郭威向下望去，看清是史彦超，他呵呵笑道："冲你这话，我准了。"

郭威说到这里，将目光转向众将，吩咐道："你们各回本营预备兵检粮草，十日后起兵。"

在此之前，郭威有反心无反情，被捕遇救是个转折点。他在心里说，好呀刘承祐，你把杨、王、史杀了，还要杀我。哼，你不仁，就休怪我不义了，我起兵打到京城去，看你能把我怎样！

到了起兵之日，郭威戎装一身，校场刑牲祭旗，将台点兵，命王朴为军师，柴荣为监军，石守信为参军，赵匡胤为正印先锋，史彦超和王峻为左右副先锋，郑子明、张光远、罗彦威、韩通、李荣、曹英、王豹等在赵匡胤帐下听用，赵修巳等随中军而行。

一切就绪，郭威手中利剑一挥，大声命道："出发！"

大军一路浩浩荡荡，不消数日来到滑州地界，一骑探马迎面奔来，跳下马跪到郭威马前道："启禀元帅，前面有兵马挡住去路，请令定夺！"

郭威先是一惊，瞠目叩马站定，呆了半天，目视远方，对探马道："再探！"

这个探马刚走，又一探马驰来，报说挡在黄河北岸的兵马，是镇守高平关的总兵高老鹞。一听是高老鹞，郭威心想，连黄河都过不去了，还有什么必胜可言。

第七回

高老鹞奉命阻叛军　　郭麻雀兵困滑州城

数日前，被史彦超打败逃回京城的苏豹，两眼泪汪汪哭上殿来，双膝一跪道："陛下啊陛下，不得了了，朝里斩了史弘肇，逼反了史弘肇的胞弟澶州总兵史彦超，他把郭威劫走了。"

　　刘承祐眉头一纵道："你说什么，一个史彦超就能劫走郭威？"

　　说完，他伸手虚扶苏豹道："你起来说，他怎么就能劫走郭威？"

　　苏豹腰背前倾一拜，站起身来道："臣押解囚车回来途中，被史彦超拦截，臣无能，战败逃得一命，郭威落入他手。"

满脸怒气的刘承祐道："无能，你真是无能。"说罢，朝旁门走去。

苏逢吉赶快给伺候在侧的侍卫做了一个手势，那侍卫追上去把刘承祐劝回来。刘承祐坐下以后大声问道："你回来了，孟业呢？他为什么不来复命？"

苏豹又痛哭道："他战死了，臣觅了一口棺椁装殓了他，用一辆车拉回来了。"

愣在御座上的刘承祐扫一眼在殿僚佐表情问道："好端端的一个翰林承旨使孟业，怎么就死了？"

不问死因还好，刘承祐这一问，让苏豹哭得更厉害了："回陛下，他被史彦超刺中左肋，失血过多，过了黄河就断了气。"

刘承祐怒气冲冲道："没有捉来反贼郭威，却又死了孟业，你说你给朕办的这叫什么差？"

刘承祐望着殿门又道："郭威被史彦超救走，他二人真要反了，这可如何是好？"

下边的臣僚也跟着急躁起来，李业出班奏道："臣请陛下差使去邺都索要史彦超，以试探郭威。郭威要是交出史彦超，说明他还不至于马上就反；不交史彦超，恐怕很快就会反了。"

侍中刘录道："你这不是白日做梦吗？郭威得史彦超相救逃过一劫，视史彦超为恩人，他怎会交出史彦超？"

将军李洪义也道："刘侍中说的是，郭威绝不可能交出史彦超。"

乱哄哄的议论声中，只见一位官员趋步走进殿来，说他是澶州地方官派来报告消息的，郭威起兵南征，来势凶猛，不日将到达京城。一心想把前朝老臣赶尽杀绝的刘承祐，根本没想到他的政治谋杀会演变为一场不可收拾的战争。郭威以重兵挑战朝廷，帝都震恐，刘承祐惊慌之中命苏逢吉道："你速派兵出城讨伐叛逆，决不能让他的人马踏过黄河半步！"

苏逢吉道："陛下莫慌，只要临清王高行周在，郭威就成不了大事。"

但是苏逢吉的这番话，刘承祐听了很生气，就算有个高行周，他能听命调遣吗？就算能把他调到阵前，他能全力以赴战胜起于邺都的叛军吗？悔当初没有听先帝的话，慢待了他。唉！都怨自己糊涂，原以为有苏、李两家鼎力相助便可抵挡一切，现在看来是指望不上了，只道：

"这几年，朕对临清王有些疏远，他会临危受命，为朕出力吗？"

度出刘承祐有些担心，苏逢吉目视李业，想让他也说些宽慰的话，先稳住刘承祐，可是李业被吓得像是丢了魂儿似的，嘴唇颤抖着一句话都说不出来。苏逢吉默叹一声，微笑一下道："临清王是先帝看好的大忠臣，只要诏命一到，他会即刻率兵进剿叛军。"

别无选择，刘承祐伏案草就一道诏旨，征调高行周为平叛前线都指挥使，差使赶往高平关，命高行周火速出兵阻击郭威南进。使者马不停蹄来到高平关传旨，高行周立马把众将召集到帅堂道："刚刚接到诏旨，郭威反叛，亲率大军向京城挺进，朝廷命我出兵拒敌，我决定三日后动身勤王，众将如无异议，速去准备。"

和众人一样，副元帅乐元福闻听郭威反了，十分惊讶道："在下想来像郭威这样的大臣造反，不会无因而起。我们多派几路侦探打探消息，若造反有理，任他反去；要是无理，再出兵也不晚，您看妥不妥？"

同一件事情各有见解，将军刘文瑞、李奇也讲了一些看法："先帝刘知远在世时还讲些人道良心，臣僚们乐于在他殿下做事；换了他儿子刘承祐，只讲杀人利己，忠良

147

冤死，庸俗之辈充斥朝堂，臣民普遍不满，让郭威反一反也好。"

高行周道："天子不德，我知道，可是我受皇恩，哪有不报之理？那郭威提兵南去，我估计他要夺国自己坐天下。"

彭百福道："他有什么资格坐天下？不行，我们得出兵，王爷您下命令吧。"

各种认识基本上统一了，高行周精选三万兵马来在黄河北岸阻击郭威。郭威怕的就是过黄河受阻，偏偏就有高老鹞挥师布阵堵在黄河岸口，他感到他这只麻雀碰上了鹞鹰，只怕凶多吉少。不如略退少许，看看这老鹞子持何态势再作道理。

探知叛军向后撤退另立营寨，高行周遂传令北进，离滑州城十里驻扎，派出一哨兵马进至滑州城南门外叫阵搦战，有意引郭威出战。郭威坐在中军大帐，思前想后，自己不是高老鹞的对手，传令坚营不出。却见监军柴荣禀报一声，撩帷进来大帐，施礼道："高老鹞是我杀父仇人，请元帅允我出战，取那高老鹞人头祭我父在天之灵。"

愁苦不迭的郭威，无力地摇着下颌道："荣儿，你是真的忘了，还是装糊涂，我不止一次跟你说过高老鹞出自将门，家传枪法天下无人能敌，十三岁鸡宝山出世以来，大小百战没有败过。你这几年跟你那帮小兄弟学了些武艺，有了长进，那也拿不来高老鹞人头。你下去吧，让我想想如何对付高老鹞。"

辞退柴荣，郭威传来军师王朴道："高老鹞精通兵法韬略，能征善战，今挡在前面阻我南进，不知军师有何见教？"

王朴躬身深揖一礼道："以我之见，您且固守滑州城，等待数日，那高老鹞一无所获，自然离去，那时您便可以率领大军长驱直进，京城唾手可得。"

副先锋史彦超，对固守不战有不同意见，他挺着胸脯大叫道："无须如此怯阵，量他一个高老鹞能有多大点本事，裨将不才，愿领本部人马去会会他。"说罢，出了帐门提枪上马就要走。

先锋官赵匡胤扯住他的马缰绳拦在马前说道："史将军，这是元帅起兵第一战，要去也是我先去。"

此间，阵脚左角闪出罗彦威，两眼闪烁着期待的目光。帅位上的郭威见赵匡胤、史彦超主动请战，心中暗自赞许，笑呵呵地站起来款步走到二人身边道："初生牛犊不怕虎，罗彦威将军想打头阵，你二人就让给他吧。"

元帅说了话，赵匡胤、史彦超二人对视一笑，点了点头。

罗彦威策马抡刀来到阵前勒住坐骑一看，白骠海骝马上稳坐一位威风凛凛的将军，五旬年纪，身高八尺，身裹甲胄，外披棕色披风，脚踏战靴，左挎弓右佩剑，手执长枪。

罗彦威看罢，手中大刀一指问道："喂，你是谁？"

马上的人答道："我姓高，名行周，听说过吗？"

罗彦威哈哈大笑道："什么姓高名行周，你不就是那个捕食麻雀之类小鸟兽的鹞鹰高老鹞吗？听说你武艺高强，很会打仗，不知今日遇上我会怎样？"

面对罗彦威的狂傲，高行周没有恼火，只是说："休出狂言，我枪下不杀无名之将。小将军，你报上名来，看看我值得不值得与你过招。"

耳听这般口气，罗彦威犯难了，但他并没有表现出来，而是手里的大刀略一伸又缩回去道："高老鹞你听好了，我乃郭元帅麾下大将罗彦威。"

稳重老练，是高行周的品格，他说道："小将军，听我一句劝，你回去，叫郭威出来，我要问问他为什么反叛朝廷？"

很不耐烦与高行周再纠缠下去，罗彦威抢着手中的大刀道："郭元帅没有工夫来见你，看刀！"

他的大刀一出手，高行周的枪斜横施出，轻轻往斜里一拨，罗彦威被逼退数步，心想果然厉害，他要还手，我的命就没了。

高行周倒没有还手，只道："小将军，你还很年轻，我不想伤你性命，快回去，叫反贼郭威出来。"

看出罗彦威没有回马的意思，便又道："小将军，若你真想征战沙场，我差遣手下将领与你过招。"

高平关兵马阵脚前部，青鬃马驮着一将冲出阵来。此人粗实汉子，战甲鲜亮，手执钢叉，自报姓名道："罗贼小儿听着，高平关高元帅帐下大将毛松明来取你性命，叫反贼郭威知道忠于汉的将士，是不会让他踏过黄河的。"

既知来将名姓，罗彦威无须多问，举刀砍去，毛松明钢叉一架，叮当一声撞击，两匹马各跑出老远，拨转马头又战了十余回合，罗彦威想着自己头一回上阵，还是哥们几个把功劳让给我的，若不能取胜，有啥颜面回去见他们。他心下这么想着，两手执刀瞄着毛松明唰地一下砍去，毛松明躲闪不及，头被砍掉。

罗彦威却突然手指自己的头大骂道："罗彦威你不是

人，人家高老鹳不还手，是在顾惜你初来世上做人，不想要你性命，你倒把人家派来过招的毛将军给杀了。"

他还在悔恨不该杀毛松明之时，高平关的李奇将军手中长枪已经戳到面前，罗彦威被动还手，肋间中了一枪，疼痛难忍，败回阵去。郑子明拖了一支长枪抵上去，与李奇战了三个回合，李奇胳膊被郑子明枪尖划破，勒马逃跑。大刀将孟金龙看见，两腿夹了夹马腹出了阵脚来战郑子明，却被赵匡胤截住打下马来。

阵前一死两伤，高行周策马冲到前边，大叫道："郭威你若还算个人，就到阵前来，我有话说。"

郭威原本怕高行周怕得要命，一提他的名字，就好像那鹳鹰已经扑向他这只麻雀一样。现在阵前接连打了胜仗，觉得敌兵已是将弱卒散，士气低落。原先把高家兵说得神乎其神，这回他老鹳子的将领一死两伤，他此际肯定心气不佳，亲自来叫阵，我何不出去战他几个回合，兴许能杀了他。郭威这就兴致勃勃地提刀上马来到阵前，看了一眼高老鹳一脸丧气的样子，笑道："高老鹳，你也来送死？"

高行周道："你说错了，我是来送你死的。先帝和圣上待你不薄，封你做副枢密使，让你掌兵权。先帝晏驾前，诏命你我同为顾命大臣佐圣上御国，你却举兵反叛，我今天杀了你，让你知道做反贼的下场。"说着，出枪就刺。

郭威举刀架住高行周刺过来的枪道："你且慢动手。刘承祐登基称帝以来，听信苏逢吉、李业、聂文进、郭允明一帮奸邪之徒，不行仁政，杀戮杨邠等开国元勋，这又陷害我郭威私自招兵买马，意在谋反夺国，委派钦差持钺收捕我，这些都说明刘承祐已经失去了人君之德。我兴兵至此，便是要杀向京城，诛杀奸邪，捉拿昏君，另立贤明，请你闪开。"

不管怎样，高行周还是想劝郭威回心转意："郭威，你我同受顾命，在先帝面前发誓辅佐少主刘承祐，谁反你也不能反，男子汉大丈夫说话不能不算数。"

但是，郭威怎能听得进这些话呢？他摆动着手中的刀道："我已说过，我走上如今这条路是他们逼的，你快快给我闪开！"

高行周挥动手中的枪道："你问问我手中的这杆枪答不答应。"

高行周持枪来战郭威，郭威招架不住，转马回返，心想我这么回去会冲乱大军阵脚，所以急忙打马一鞭，落荒

153

而逃。

这时，高行周在马上冷笑一声道："反贼，我看你能跑到哪里。"加鞭纵辔追去。

郭威跑进一个孤庄独院，追过来的高行周到了院门口，在里边打扫院子的仆童深躬揖礼道："我家主人正在读书，请贵客止步。"

彬彬有礼的言辞，让高行周颇有感触，这荒山野岭的竟有这般懂事的仆人，忙还一礼问他："你家主人是谁？"

仆童回道："姓赵名普。"

院门口的声音惊动了主人，赵普走出院来先施一礼，没待他开口，高行周便说明来意。赵普说自己没有看见什么人来到这里，你若不信，可以进去寻找。高行周下来马，放下枪，正要迈脚进院时，觉得他既说没有，我再进去寻找，不显得自己不信任他吗？便与赵普施礼告辞，但回头一看自己的马和枪都不见了，只见赵匡胤坐在野地里朝他看，高行周过去拔出佩剑向赵匡胤刺去道："你这个窃贼，还我马和枪来。"

赵匡胤疾速站起，伸出兵器一晃，高行周不由得把手一缩，收住剑道："盘龙棍？"

154

赵匡胤收住兵器看高行周时，高行周也在看他。高行周辨认了半天问道："前些年你到过高平关？"

赵匡胤答道："到过，那又怎样？"

回答的话有点戗人，高行周并不介意，又问道："那时你在高平关西门外的寺庙借宿过一晚？"

奇怪了，姓高的问这个做什么？赵匡胤一边想一边道："是，还有两个客人也在庙里借宿。"

越说越近了，高行周又仔细打量了赵匡胤一番，微笑道："那时，庙里住持报说来了三个可疑的人，我派李奇将军去侦察，回去报说一个红脸大汉拿一根盘龙棍，我当下想在哪里见过盘龙棍。现在我想起来了，你是我仁兄赵弘殷的儿子，叫赵匡胤。"

既然认出来了，赵匡胤也不能无所表示，便俯身参礼道："我听家父常常提起您，并不知道你们是拜把子兄弟，恕小侄甲胄在身不能全礼。"

高行周伸手虚扶一下赵匡胤道："你在郭威那里为将？"

赵匡胤点了点头。

高行周继续道："我说句你不一定爱听的话，你堂堂忠良之后，为何助反贼郭威反叛朝廷？"

赵匡胤答道："叔父，您不是说我杀女乐是功不是过吗，可他们就是不放过我，派人一直捉拿我。这事要是换做您，您怎么办？"

高行周被问得先是一怔，继而开口道："这我倒没有想过。"

见高行周一脸窘迫，赵匡胤也不好多说什么："小侄有幸被苗光义相救，才逃出京城。苏逢吉向先帝进言发告示，全国通缉缉拿我，小侄有家不能回，在流浪中结识了几个穷兄弟，一起投军郭威帐下，当了将军。我悄悄派人潜入京城侦察，那刘承祐自称帝以来，昏庸不明，被苏逢吉、李业两家外戚完全掌控，做了许多坏事丑事，连杨邠、王章、史弘肇这样的忠正之臣都被他杀了。苏逢吉胃口很大，想把军权也捞到手，这就需要扳倒郭威。郭威本身有野心，刘承祐又硬把他往反路上逼，才到了今天这一步。"

看了看荒山野岭，赵匡胤收回视线继续道："郭威与叔父的恩怨小侄不敢妄加揣测，就传说中的一些事体来看，郭威忌恨您武功高于他，更在于他号称麻雀，您的外号高老鹞对他不利，无时无刻不在谋划除掉您，不过我看他难以得逞。现在郭威兵强马壮，软弱无能的刘承祐恐怕不是他的对手。小侄斗胆奉劝叔父不要管朝廷那些乌七八糟的事了，您的马和枪就在前边路旁，回去吧。"

这些话高行周都听进心里去了，他唉声叹气，什么话也没有说就走开了。

方才在两军阵前，赵匡胤见郭威被高行周打败落荒而逃，当即吩咐史彦超和王峻两位副先锋紧守阵脚，自己策马跟去保郭威。他刚离开阵地，一彪兵马便冲着邺都兵马阵脚而来，领头的是高行周留在关上的儿子高怀德。高行周出征这么多日子了，也没个消息，高怀德便前来看望，他叫道："喂，叫郭威出来，我有话说。"

阵列前站着的史彦超，见是一位少年将军，便喝道："哪来的野货，郭元帅的名讳也是你叫的吗？滚！"

一个"滚"字，惹得高怀德怒火中烧，他用手中的长枪指住史彦超道："好你个狗东西，也敢这般无礼，不教训教训你，你不知道这天底下还有个叫高怀德的人。"

话落枪出，史彦超吃了一惊，连忙举枪相迎，二人战了十多个回合不分胜负。高怀德看出对方想赢，心里略一盘算，便放慢了攻势，让他再消耗一些体力，我好制伏他。主意拿定，高怀德一手执枪虚挡，一手伸向腰间取出钢鞭，史彦超双手持枪朝高怀德当胸刺来的瞬间，高怀德身体迅疾半转，手中钢鞭照史彦超头打将过去。史彦超两眼余光一扫，把头一偏，高怀德的钢鞭落到背上，史彦超忍痛勒马回逃。身后高怀德打马三鞭追来，眼见得马头接马尾，将要生擒史彦超了，邺都兵马中忽又闪出一将，手执大斧拦在马前，喝道："来将休得逞强，郭元帅麾下大将王峻来会你。"

此将倏忽而来，高怀德勒住鞍辔看去，见他浓眉恶相，量来不好惹，不能与之久战。高怀德还在想智取之法，王峻的大斧已经迎面砍来，高怀德接应了几个回合，见那王峻只是抡着斧头左一下右一下地猛砍。

为什么这般砍呢？因为王峻看出史彦超中的是暗器，要用快速进击的方式，使对方只顾招架没有空隙使用暗器。高怀德笑嘻嘻道："嘿，你这斧头砍得还蛮快的么，再快一点，我就败了。"

听出对方是在戏耍自己，王峻砍得越来越快。高怀德摸透王峻的力气全用在砍上了，他便突然向旁一闪，枪从右面斜出，正好穿过王峻护身甲，甲片哗啦啦掉了一地。王峻肩背处皮开肉绽，败阵回跑，边跑边喊："放箭，快放箭！莫让他冲击营垒！"

　　弩箭封住了阵脚，高怀德前进不得，叫骂了半天，不见有人出来，便调转马头找高行周去了。走了里许，远远便望见白骠海骝马上的人影，他招手叫道："爹，孩儿接您来了。"

　　两厢越走越近，高怀德跳下马跪倒在地，高行周也下了马，虚扶儿子起来，高怀德忙又参礼道："爹年纪大了，孩儿不放心就来了。"

　　看到儿子，高行周心里甚是高兴，很快又绷紧了脸问道："你到阵前去来，没有事吧？"

　　高怀德道："刘将军在那里守着哩，没事。"

　　见高行周不再问什么，高怀德接着把他如何闯入敌阵找高行周，又如何马快枪疾战败敌将史彦超、王峻的事说了一遍，高行周呵呵笑道："好，你连败他两将，为我军长了颜面，可是不能与那郭威相持下去了。"

　　高怀德问道："为什么？"

　　只是高行周说的却是另一件事："你知道我遇上谁了？"

　　高怀德连忙施礼道："谁？"

　　高行周笑笑道："赵匡胤，就是那次夜宿高平关西门外寺庙的那个红脸大汉，他是爹的仁兄赵弘殷的长子。此人精明多智，武艺高强，他结拜的几个兄弟都投在郭威帐下。史弘肇胞弟史彦超也投了郭威，还不说原有的将领，就凭赵匡胤他们几个，足可拿下京城。"

高怀德点头道："孩儿想起来了，就是那个闹勾栏杀女乐的红脸大汉。这人是不简单，但也无须怯他。"

高行周听了连摇其头道："爹仔细观他，面相俊秀，器宇轩昂，前程不可估量，平息战乱定天下者很可能就是他了。"

高怀德笑道："他要真有那个福分，孩儿就保他。"

两人站在野外，想着未来的事情。高行周道："郭威阵营里多人受伤，咱们到他营垒前叫阵，他很可能派赵匡胤出战，那时我们战不战？"

高怀德想了想方道："孩儿听爹的。"

父子俩回到阵前，刘文瑞施礼接了高行周的马缰绳说，探马刚才报说叛军退了。高行周复又上马看去，果见郭威的人马都撤进滑州城里面去了。

赵匡胤侍随郭威从荒郊野外返回，将士们禀报了高怀德打阵的情形，郭威问："高怀德？高老鹞的儿子武艺也这般高强？唉，今日遇上高家父子，哪还有我的活头。"

停了片刻，他沉沉地叹了一口气道："看来，我不该走这一步啊！"

军师王朴为他鼓气，参礼道："元帅，不用过于担心。我不是说过了吗，高老鹚将星昏暗，他已经强不到哪里去了。您听我的，过个十天二十天便见分晓。"

郭威强打精神，在地上走动着问道："军师，眼前之势，我们就只能在这里干等？"

王朴眯眼略一想道："开弓没有回头箭。这野外不好守，暂时返回滑州城，闭门不战，熬走高老鹚，我军再前进。"

没有别的选择，郭威下令大军退回滑州城据守。

侦探把消息报给高行周，高行周命李奇将军传令，留一万兵马驻守原地，两万兵马从东西南三面攻打滑州城。

郭威叫来军师王朴道："高老鹚三面攻打，我们兵困滑州，时日一长，粮草难以维系。我到城上看过，趁现在北门无兵，可北返邺都，你看如何？"

王朴冷笑道："元帅，您治兵多年，该懂得虚虚实实吧？"

郭威瞪了王朴一眼道："你小看我不知兵？"

王朴道："既然懂，为什么还要从北门出走呢？"

郭威不再接话，王朴道："从表象上看，北门是没有兵，然不远处很可能有埋伏，我们若北走，正中高老鹞的计。"

郭威自知并不精通兵法，便不再多言。王朴这时计算了一下从邺都到滑州的天数和粮草消耗道："我军粮草有限，高老鹞军中的粮草也多不了。您放心吧，他会撤的。"

到底有军事眼光，高行周留出北门的用意瞒不过王朴，郭威在城中按兵不动，外面攻不进去。

高行周早已看出天象对己不利，便把众将召集到中军大帐商议对策，将军李奇力主加大攻势再攻两天试试，孟金龙却道："城上敌兵多，弩箭齐发，我军多有伤亡，不能再这样攻下去了。"

刘文端道："将士们拿性命与反贼拼死拼活，可是朝廷那边不派兵驰援不说，连遣使看望问候一下的话都没有，这样的主上我们不保也罢。"

高行周想到刘承祐，不修仁政，滥杀忠良，逼反了史彦超和郭威，任着性子往绝路上走，不说不保，就是想保恐怕也保不了他。昨日帐榻难眠，高行周披衣走出帐外，夜观天象，见自己本命将星昏暗不说，更见客星犯帝座，王气黯然，旺气在邺都那边，预示着后汉江山将为郭威所有。他转身面南站定，含着眼泪揖手望空拜道："陛下，郭威兵马将渡过黄河，京城危矣。臣虽想尽忠报国，可是上天垂象，已有明示，臣不敢违天命而行，只能回兵。事情由您一手酿成，自作自受，臣保不了您了。"

带着满腹伤感说到这里，高行周返回大帐，将他的所见所想说给儿子高怀德。高怀德想了半夜，也觉得不能在这里耗费精力了："既然汉国气数将尽，我们还为它打什么仗！不如撤兵自保。"

见高行周两眼痴呆，料是困了，高怀德赶忙把话打住。

这时高行周却道："怎么不说了？说下去。"

高怀德道："爹，我们按众将之议行事如何？"

高行周不是没有想过不再打下去，他反反复复想，自己一辈子好胜，今天不战回兵，自己颜面上挂不住啊！

高怀德为他宽心道："君不正，臣投外邦。就是后人议论起来，这也怨不得我们。"

听了儿子的话，高行周方下了决心，对伺候在侧的一个侍卫道："传我将令，明日五鼓撤出阵地！"

侍卫躬身参礼道："是。"

第八回

王师大败少主惨死　邺兵得胜拥立新君

被困在滑州城里面的郭威实在按捺不住了，在营帐里胡乱走动，这时一名侦探慌慌张张疾步进帐跪下禀道："元帅，撤了，撤了。"

烦躁之中的郭威瞪他一眼，喝道："什么撤了，撤了，出去！"

军师王朴赶忙伸手止了一下道："慢，你说什么撤了？"

正往起站的侦探复又跪下答道："围城的兵马撤了，天不亮就卷旗拔寨撤退走了。"

王朴不再多问，郭威停下脚步道："真的撤退了吗？这高老鹞鬼得很，不会撤退是假，诱我出去是真吧？"

王朴眉目一扬道："在下估计他兵疲粮尽，撤退是真。"

因为不相信，郭威默不作声。

在王朴劝说下，两人登上城墙，远眺近看，围城的后汉兵马全都不见了。郭威内心称道王朴果然阴阳有准，却并不说出口，他道："用不用派人再探察一下？我可是怕高老鹞耍鬼啊！"

王朴笑出声来道："元帅，这不是都亲眼看了的吗？"

赵修巳、柴荣、赵匡胤、史彦超、王峻、石守信、张光远、罗彦威、曹英、李荣一干将领，也你一言我一语地劝郭威带领他们打过黄河去，踏进汴梁城。

郭威看到帐下众将一个个撸胳膊挽袖子的劲头，心里高兴，嘴上却一言不发。

王朴看郭威一眼，叹气道："元帅不必迟疑，那高老鹞与我同师学艺，应该是知道汉国运将终，不敢逆天命行事，他的撤退不会有假，您只管下令进兵就是。"

面前众将都在眼巴巴地等待号令，郭威才传令打开城门大军起行。

两三千人马刚出城，就听得不远处的树林里大喊一声："杀——"

一支汉军骑着高头大马，冲杀过来。走在最前面的史彦超，望见带头将领是高怀德，他被吓了一大跳。身边的石守信见他有些迟疑的样子，想到他被那一鞭打怕了，便道："史将军，你伤势刚好，待我来挡他一阵。"

抵挡汉兵在即，史彦超只说了一声"小心"，就把石守信让到前面。石守信持枪与高怀德战了几个回合，身后的史彦超大叫："石将军快撤！快撤！"

后面的高怀德，带领兵马追至护城河边，城头上的守军把吊桥拉起，他才调转马头离开滑州。

郭威的人马来不及列阵就被后汉兵给打垮了，惊慌之中，郭威在赵匡胤和侍卫们的扈从下又回到滑州城，设下中军大帐坐了，想着姓高的这只鹞鹰，想尽法子要吃掉自己。看到王朴时，他就又把失败怪到王朴身上。这王朴常夸自己参知军机万无一失，那这次算什么，不趁此敲打敲打他，日后定不知天高地厚了。想到这里，郭威对王朴说道："军师让我只管进兵，现在怎样？将士死伤众多不说，还不是又退回滑州城里面来了？按军法论处，应当治你的罪。武士们，军棍伺候！"

赵匡胤跪下道："元帅息怒，请允我说几句。行军打仗，按侦探禀报行事，如果有错，那也属于侦探所报不实，军师之责是第二位的；高老鹞精通兵法，兵行诡道，伏兵突袭，在军事征战中也常见。这样推论下来，军师判断有误，当受责罚，然他文弱之体，怎可受得了棍责呢？"

一俟赵匡胤说完，监军柴荣和史彦超、王峻、石守信、李荣、张光远等将领跪下一片道："我等赞同赵先锋所论，遭敌伏击，军师有责，但也不是全责，请元帅开恩，从轻发落。"

王朴多才智有谋略，对郭威推心置腹，竭智尽忠，而郭威本性多疑，反要压制他，虽然不打军棍了，但也不能就这样放过他。

郭威伸手虚扶王朴起来道："王军师，众将讲情，我免你受皮肉之苦，关你三天。"

王朴站起来，复又深俯下身施礼道："是我低估了高老鹞的谋略，造成一千多将士伤亡，责任在我，元帅以律治罪，我没有怨言。"

武士们正要押了王朴走，众将又扑通扑通跪下道："运筹帷幄，军师之长，元帅您把他关押起来，万一遇到紧急军情，谁为您出谋划策呢？"

郭威皱了皱眉头，遂向下招一下手，假惺惺地道："幸亏你等提醒，眼下正值用兵之际，我哪能离得了军师呢？算了，都起来吧。"

这便既教训了王朴，又给了众将面子，郭威要的就是这种效果。他内心喜悦，反倒沉着脸把正副三位先锋叫到面前道："汉国骑兵的伏击，对我们是个教训，多派几路侦探去探察。高老鹞诡计多端，我可再也受不了这等惊吓了。"

他们哪里知道，出此伏击之计的是高怀德。那天，高行周传下撤退将令之后，高怀德对高行周道："这样撤退回去，太便宜反贼郭威了。"

高行周问他："你想怎样，与他再战？"

高怀德摇了摇头，说出了他的谋划——让高行周按既定时间撤退，留下他带领五百骑兵埋伏下来，待叛军刚从滑州城出来之时，来个突然袭击，杀他个千二八百，迫使郭威再缩回滑州城去。

听罢，高行周畅然一笑道："这不但可以防备郭威趁我撤退尾随追杀，袭我后路，还可以让他缩回城去好几天不敢南进，给朝廷更多的时间来调兵防御。嗯，你速去调配人马。"

高怀德参礼道："孩儿遵命。"

埋伏行动出奇的快速和严密，郭威派出去的侦探连丁点消息都没有打探到，他的兵马就这样挨了一顿打。

170

一日被蛇咬，十年怕井绳，这句话用到此时的郭威身上再恰当不过了。退回城里两三天，郭威一直都不允许开城门，百姓生活不便，出行受阻。守兵几次传话进去，把百姓的诉求说给郭威听，郭威就是不准。

先锋官赵匡胤不止一次想到郭威这个武人，为何那么胆小怕事呢？总这样把自己关在城里边也不是个事呀。

赵匡胤来到大帐，躬身参礼毕道："元帅，侦探都已经探察过了，邺都周边三五十里都没有高行周的兵马稽留的痕迹，休整几日，我们便可出城。在刚才来的路上，在下见百姓为了生计怨声载道。元帅打开城门，允许他们出入，以解百姓困顿。"

郭威的脸阴得很重道："开不开城门我会考虑，不用谁来指教我。"

赵匡胤赶紧跪下去道："元帅言重了，在下哪敢指教您。我只是以为，如果您这样下去，会失去民心。古人有句话叫得民心者得天下，历来能成大事者，最主要的是有人拥护他。为元帅您着想，您得考虑民心向背。我们为什么起兵讨伐刘承祐，还不就是因为他骄奢淫逸，不管臣民死活吗？"

深含得国道理的话，把郭威的气给消了。他心里琢磨，这赵匡胤悟得如此通透，真是个难得的人才，于是道："赵将军，你的这番话有道理。刚才我是在生高老鹞父子的气，说话语气重了些，你不要在意。至于让百姓出入的事，我已有计划，今天开南北门，明天开东西门，轮流着开。每道门差两位将军带五百精兵守卫，以防不测，你看怎样？"

赵匡胤道："还是元帅考虑周全。"

不过，郭威还是心事重重，这赵匡胤阅事太丰富了，思虑比别人深远，不好防啊。

他走到帅案前，问赵匡胤道："赵将军，你还有什么要说的吗？"

赵匡胤轻轻摇了一下头，郭威道："城门开关的事交给张将军去办。你去把李荣将军叫来，让史将军、王将军差遣一路侦探南出，一直探察到黄河岸边。"

赵匡胤参礼道："是。"

出了大帐，正好看见李荣在与人说话，赵匡胤告诉他，元帅叫他有事。李荣快人快语，又比较张扬，大手一摆道："赵修巳将军对我说过了，元帅想让我一路向西北，看看高老鹞的全部人马是不是都往太行山那厢去了。"

赵匡胤笑道："这回你可以到太行山风光风光了。"

两人笑着走开了。

今天早晨，郭威把王朴和众将召集到大帐道："李荣将军跟踪高老鹞过了武陟，到了泽州，派往南边的侦探回来了说没有发现异常征象，我意可以出城南去了，现在就启程。"

军师王朴道："元帅下令此刻出城南进，正当其时，是否还以史将军为前锋？"

史彦超站起来，大声道："在邺都时，我就说过保元帅打过黄河去的话，愿为前锋开路。"

中军大帐里，郭威身着重甲，手提宝剑挑开门帷向外一迈脚，就听见马蹄声急，随见一名探骑奔驰而来，滚鞍下马报说前面不到二十里的地方，有一队人马停在路边，从阵容上看，是刚聚集到那里的伏兵。郭威闻报又退回城里，停留了两天，才重新下令大队人马离开滑州城。打前站的史彦超督兵渡过黄河，不见后汉的一兵一卒，他把此情禀报回中军大帐，郭威笑道："原想刘承祐必派大军把守河岸，趁我半渡而击之，他竟然没有这样做，真是天助我也！"

此际，他抑制不住满腔的兴奋哈哈大笑道："然我们也不能掉以轻心，防他另有兵马阻击我军。"

军师王朴道："元帅说的是，在下传令前锋不可大意。"

黄河口岸为什么没有后汉国的一兵一卒把守呢？是无兵可派，还是一时疏忽？

可以说都不是。

是日，刘承祐亲临广政殿，召集臣僚询问战事，恰有黄门官进来奏道："启奏陛下，臣刚从探骑那里得到消息，郭威兵马早已过了黄河，快到封丘门了。"

刘承祐听了，跌坐在座位上，恐慌的气息立刻笼罩在每个人的心头。

内侍这时提醒道："陛下，事态紧急，大臣们在等您定夺呢。"

其时的刘承祐被吓昏了一样道："定夺什么？"他猛摇一下头，似从睡梦中醒来那样急道："哦，快诏苏丞相上殿。"

很快，苏逢吉就来了，刘承祐急忙问道："丞相，你不是说高将军拒敌得胜，把叛军围困在滑州城了吗？怎么如今叛军就快到封丘门了？"

苏逢吉听了，不由得心头一惊，垂首而立，一言不答。

前天，侦探就把高老鹞撒军的消息告诉了苏逢吉，他正要上朝见驾禀报，妻妾们把他堵在家中让他陪她们观赏舞伎表演，他干着急出不去，贻误了军情大事，他现在是哑巴吃黄连——有苦难言，支支吾吾道："臣臣臣，臣也是这才知道。"

他一直躲闪着刘承祐的目光，怕刘承祐看出他的慌张，忙把刘承祐的注意力往别处引："陛下，您若以为可以，赶快差遣一将出城，劝那反贼郭威悔过自新，看他是何态势？"

这使刘承祐更来气了，反问道："朕听上你的话，把史弘肇、王章这些能挡千军万马的人都杀了，你让朕差谁？"

苏逢吉自感理亏，无言以对。

刘承祐叹道："唉，朕的江山就毁在你们父子手上了。"

刘承祐又叹息了一阵，说了一句"后悔也来不及"后，派遣大将慕容彦超、开封尹侯益带一万兵马出城御敌，在郊外七里店扎下营寨。次日刘承祐御驾亲征，随驾王师驻跸七里店军营，和慕容彦超合兵一处，列阵于刘子坡，与郭威兵马的营垒隔空相望，传旨令慕容彦超、侯益进兵讨伐叛军。

行进中的前锋史彦超，遥见前方飞来一骑，待走近时看清是派出去探察敌情的侦探，侦探下马施礼禀道："前面有一支汉军挡住去路，请将军斟酌如何过去？"

得知后汉兵马有了行动，史彦超派亲兵报信走后，两腿一夹马腹奔至阵前，嘿嘿冷笑道："慕容彦超，就凭你能挡住我吗？"

慕容彦超道："那就要看你能不能战胜我手里的这把大刀了。"

史彦超勒住马，看着慕容彦超背后的兵马阵容道："你在刘知远殿前做事的时候，还像个人样儿，刘知远死后你变得与苏逢吉、李业一样奸。我随郭元帅起兵就是来捉拿你等这帮奸贼，替天行道，为百姓除害，也是为我兄长报仇。不过，看在你我曾经同殿为将的份上，我劝你回去叫刘承祐逊位，把苏逢吉、李业一帮奸贼送出城来，算你悔过立功，我可以饶你不死。"

慕容彦超讪笑一声道："你叛汉谋反，死到临头了，还有啥资格说别人。"

不知何故，慕容彦超的坐骑突然四蹄动弹，嘶鸣一声朝前扑去。慕容彦超人随马势前进几步，左手紧紧勒住马，右手拿大刀一指道："史彦超你听着，下马伏绑是你唯一的出路，不然我手中的这把大刀可不长眼睛。"

慕容彦超刚说完，手起刀落，史彦超大怒出枪接招，二马相交，刀来枪往，二人旗鼓相当，大战二十余回合不分胜负。站在一旁的侯益，眼见慕容彦超胜不了史彦超，策马挺枪上前来夹攻，被史彦超一枪挑落马下。侯益扑通一声栽倒在地，把慕容彦超吓得心跳手软，大刀几乎脱手。

侯益也算得上是名将，就这样送了性命。史彦超的枪太厉害了，跟他兄长史弘肇的枪法一样神，与他久战不会有什么好结果。苏逢吉父子你们在家安享荣华富贵，让我替你们卖命来战叛军，哼，这仗老子不打了！

就在慕容彦超胡思乱想，想回营请刘承祐另差能者之时，一走神，差点被史彦超的枪刺中右臂，他赶紧用刀外劈拨开刺来的枪，转马逃奔兖州去了。

历史就是这样诡异，郭威的兵马得机而进，副先锋王峻的人马也掩杀到了阵前，对刘承祐王师大营形成合围。汉国太后李三娘，得到一些战事对汉军不利的消息，担心儿子刘承祐的安危。她心急如焚地叫来枢密院承旨使卫大将军聂文进道："少主御驾亲征在外，你等不可大意。"

聂文进深弯下腰相接两手前拱揖礼道："有臣在此，不会有失。纵有一百个郭威，也照样生擒活捉。"

礼行得很恭敬，但话说得大不敬，聂文进的口气把李三娘气得眼直唇颤，心说聂文进你等着瞧，待退了叛军之后，哀家定饶不了你。

回到后宫，李三娘又想到儿子刘承祐身边人少，忙下了一道懿旨命苏逢吉的两个儿子苏麟、苏豹去侍随少主，但是这兄弟俩和他爹一样刁钻，苏豹对苏麟道："出城很可能就是一场厮杀，得带几位将军在前面为我俩开路。"

苏麟阻止他道："太后没有口谕，怎么带？"

苏豹眼珠一转道："我们来个假传懿旨，那些将军谁敢不去！"

苏麟觉得假传懿旨太荒唐，吓得瑟瑟发抖。

看一眼苏麟害怕的样子，苏豹道："你不用怕，这事小弟来办。要死一块死，我俩死也得找个垫背的，不能让他们好活。"

苏豹这就私自点了一干武将随自己去扈从刘承祐，当然还有老爹苏逢吉的安危。

但是，此际的苏逢吉自带一万多兵马阻击郭威的兵马，被史彦超他们打得稀里哗啦，七里店的王师大营也受到冲击，刘承祐急忙派遣侍卫传苏逢吉速来护驾入城据守。

侍卫走后，刘承祐便骑马从后营出走。刚走了一箭之地，便望见前面旌旗蔽日，喊杀声震天，刘承祐忙又调转马头，慌不择路，竟来到北郊赵村的一个无人居住的院落。进了一间屋子，跟在他身边的郭允明手握佩剑前迈两步站到刘承祐面前道："陛下，小臣我官爵不显，俸禄不多，我要另择明主。"

刘承祐问他："你要去哪？"

郭允明道："投奔郭威。"

刘承祐默默望着窗外道："你去了郭威会杀了你，还是不要去了。待回宫之后，朕会厚待你，封你为检校太师。"

郭允明，河东人氏，是个豪横小人。他见后汉国灭亡在即，落入郭威之手必死无疑，识时务者为俊杰，他连连摇手道："眼下能使小臣我不死的，只有郭威。"

刘承祐无意间看到郭允明手握剑柄，心下不由得警觉起来道："你要什么，朕都答应你。"

郭允明道："不用了，小臣我若带个投名状过去，他大概不会杀我，还可能封我个一官半职。"

刘承祐问道："你我君臣除了马匹，没有别的，你能给他带什么？"

此时，郭允明阴森森一笑道："带陛下您的项上人头。"

刘承祐呵斥道："郭允明你敢！"

郭允明又一笑道："我有何不敢？"说着，郭允明拔出佩剑，一剑把刘承祐的头劈下来。

恰好走近屋门的后赞将军听到声音，好奇地走进来问郭允明："什么声音？陛下何在？"

郭允明把手里掂的人头向后赞一伸道："在这里。"

后赞一看，惶恐大喊道："郭允明反了！"

情急之下，后赞拔出佩剑刺向郭允明，郭允明连忙招架道："后将军，咱俩有这颗人头，到郭威那里就都不会死。你快收起剑，随我走。"

后赞朝郭允明呸一声，大骂道："你这个反贼，弑君叛国，还想活？"

后赞出剑再次刺向郭允明，后面跟来的侍卫手执利剑冲进来大喊："郭允明拿命来！"

这等阵势，郭允明知道自己活着出不去了，咚的一声扔下人头，自刎身亡。

此时丞相苏逢吉也来到屋内，他一看刘承祐的尸体，两腿瘫软，扑通一声跪到地上叫道："陛下——"

侍卫们把苏逢吉扶起来，搀着他走到刘承祐的头颅跟前，苏逢吉跪倒在地，抱住那颗头颅痛哭道："陛下，是臣来迟了一步，使那郭允明得逞，臣罪该万死。"

苏逢吉跪着哭了半天，然后把头放到刘承祐的尸体脖颈边，磕了几个头，直起腰背道："陛下，臣苏逢吉继续侍随护驾您去了。"

言罢，拔剑自杀。

后赞吩咐侍卫们守护尸体，自己骑马回城向太后禀报丧事。

再说苏氏兄弟这边，他俩北出封丘门时，恰逢郭威的兵马击垮王师杀向这边。当初，苏豹在勾栏院与赵匡胤交过手，因此一看马背上的红脸大汉，就知道遇上硬茬了。他站定向前一指道："快把那个闹勾栏杀女乐的钦犯赵匡胤擒来，免得他惊扰太后。"

苏豹话音刚落，就听到有人道："我来擒他。"

苏麟知道苏豹使的是金蝉脱壳之计，而且有将军呼应一声出来应战，便一夹马腹紧随苏豹沿城墙朝东走。

慌张行走之际，遂见王峻、曹英从东北面掩杀过来，苏麟、苏豹二人忙又调转马头缩回城里，混杂在乱兵中，但他们早被史彦超带人盯上了。

前去击郭威兵马的索文俊、马成、牛宏、吴坤等将领都死在了赵匡胤的盘龙棍下，苏豹心说汉国完了。他忙与苏麟商量是降是战，就听见凭空传来一声："奸贼，往哪里走！"

苏豹一看，是史彦超，就知道走不脱了，与苏麟一起挥动兵器抵抗："史将军，且慢动手，请你转告郭元帅，我们兄弟俩愿归顺帐下，保他登基坐江山。"

史彦超一听，肺都快要被气炸了，骂道："奸贼，你想投机活命，哼，休想！"说完，用长枪把苏豹的兵器打落。

苏豹招呼一声苏麟，策马便跑。史彦超张弓搭箭，将苏豹射落马下。苏麟下马搀扶苏豹时，郑子明骑马赶到，让亲兵将两人绑了。

史彦超道："杀了这两个佞臣。"

郑子明问道："他俩是谁？"

史彦超答道："奸相苏逢吉的儿子苏麟、苏豹。"

郑子明哈哈大笑道："史将军，把这两个东西让给咱吧，让咱看看杀苏逢吉的儿子和杀别人一样不一样？"

被按倒在地的苏麟、苏豹直是磕头求饶道："黑爷爷饶命！黑爷爷饶命！"

郑子明问道："你俩不想死？"

俩人答道："我俩投降，我俩投降。"

但是晚了，苏麟被郑子明一扁担敲死，苏豹欲跑，被史彦超赶上去杀死。

帅旗下的郭威，亲眼所见赵匡胤连胜索文俊等四将，高兴得合不拢嘴，感到汉军已经丧胆，应当杀向皇宫去，手中长剑一挥喊道："擂鼓，杀——"

令出兵行，喊杀声、马蹄声、兵刃撞击声响彻天空。后汉将士没人指挥，像无头的苍蝇，一部分逃跑了，一部分投降了，还有一部分顽抗到死。双方厮杀趋于尾声，赵匡胤让王峻、石守信、韩通、罗彦威、马全义等将军分别把守孔雀门、郑门、封丘门，并在城里搜捕刘承祐的亲信和苏逢吉的党羽。又吩咐史彦超把郭威从封丘门迎进了汴梁城，郭威看着街上汉兵的尸体、关门闭户的商号店铺和百姓的屋舍，当即让赵匡胤传令："告诉将士们不得伤害百姓。"

赵匡胤答应一声，安排几个侍从骑马传达去了。

从那天催促苏氏兄弟出城去侍从护驾刘承祐走后，太后李三娘就一直惦记着儿子的安危，叫来掌宫大太监去打探消息，那大太监出去不一会儿就返回来禀报道："启奏太后，大事不好了，邺都兵马已进皇城，文武官员俱各逃散，打问不到陛下此时在哪里。"

李太后起身离座，流着眼泪往外走，掌宫大太监问道：

"太后，您这是要往哪里去？"

李太后道："少主至今不知生死，哀家去找郭威问问。"

掌宫大太监跪倒在李太后身前，使劲摆动两手道："使不得，也去不得，外面大街小巷都有郭威的兵在把守。"

看出李太后执意要去，大太监只好又叫来两个宫婢陪着李太后出了后宫掖门，被守在路口的兵卒挡住。

大太监赶忙上前使起威风来道："李太后要见郭元帅，还不快去传话？"

那些兵卒忙应一声："请太后在文德殿稍等，我等这就去禀报元帅。"

在后汉国，朝野皆知李太后贤惠。郭威进来殿堂，躬身揖礼道："郭威拜见太后。"

这时李太后坐在御案前临时设置的座位上，两只泪眼盯着郭威问道："郭爱卿你起来，哀家有话问你。"

待郭威站定之后，李太后道："你兴兵扰乱社稷，闯进京城，所为哪般？"

问话的声音平和，语气却有些严厉。郭威脸颊发热，本来要夺位登基自立为帝，方好早点除掉高老鹞，现在不能这么说了，只道："此番兴兵，可不是要取代刘氏江山，而是讨伐苏逢吉、李业二贼，为国除害，不承想却惊扰了太后您的大驾，郭威赔罪了。"

他又躬身相接两手前拱而拜，李太后虚扶一把，示座。郭威谢座，李太后道："就算你所言是真，这起兵原因就不说了。郭爱卿，你是先帝的托孤老臣，少主的安危，你该知道吧。哀家问你，他此刻在哪里？是死是活？"

这倒又使郭威不知该如何回答是好了，忽见李太后的脸转向门口，随见进来一个军人，衣服上溅满血迹，扑通跪倒在李太后身前大哭不止。李太后忙问道："后赞将军，什么事，让你哭成这样？"

后赞哭道："郭允明弑君，皇上驾崩了。"

呼的一声，李太后站起来问后赞道："什么？郭允明？"

后赞道："郭允明弑君，皇上驾崩了……"

李太后跌坐回座位，昏厥过去。两个宫婢忙上前又掐又捶，过了一会儿，李太后缓缓吐出一口气醒过来，哭了一声"皇儿"，就对后赞说道："快，快带人去捉拿郭允明，哀家要亲自审问他。"

后赞的哭声小下来道："回太后，他自杀了。"

李太后又问道："苏逢吉呢？他哪里去了？"

后赞回道："他也自杀了。"

李太后有些疑惑，问道："他为什么也要自杀呢？"

后赞道："臣也说不清。"

李太后又问："聂文进不是去了吗？他为何不随你一起来？"

后赞道："他跑了，拿了一件行李跑了。"

李太后使劲一搡，把后赞搡倒，哭泣不止。

其时郭威说话了："用的都是些奸邪小人，怎能不败呢？江山社稷要靠忠臣良将来维护。但是，你们听信苏逢吉一人之言，把扬、王、史这些忠于国朝的人都杀了，宠信宵小之徒，他们为了自己的利益，使国家陷于危难，弑君夺位，没有什么事情是他们不敢干的。"

看了看李三娘，郭威转向后赞问道："皇上是在哪里驾崩的？"

后赞道："北郊赵村。"

郭威皱了皱眉头道："皇上怎么会去那里？"

后赞登时光火道："你还好意思问皇上怎么去了那里，还不是都是因为你这个反贼。"

他纵身一跃，拔出佩剑扑向郭威："待我一剑结果了你，为陛下报仇。"

李太后急喝一声："住手！他是哀家诏来的，不得无理。你退下去吧。嗯，后将军回来，且站过一边，等会儿

186

伺候哀家回宫，就在后宫做事。"

后赞俯首前倾施礼道："是。"

原本是要喝后赞退下去的，但李太后马上想到，后赞离开她后，郭威很快就会杀死他。她让后赞讲述完刘承祐去北郊的过程后，转身面对郭威道："郭爱卿，你刚才说兴兵到此，并不是要取代刘氏江山，而今皇上驾崩，国不可一日无主，当立何人？"

郭威道："这是刘家的家事，全由太后您做主。"

太后李三娘发诏迎立河东节度使刘赟为君，刘赟是刘承祐叔父刘朱之子。郭威领命出宫差使备了奉迎车驾离开京城，消息传来，众将一起来见郭威道："我等出生入死跟随元帅举事，是要拥戴您为君，不能死了害我们的刘承祐，再换一个刘姓人继续害我们吧？"

依然是刘家天下，军师王朴对郭威道："众将说得倒也有理，现今大家与刘氏一门是仇人，那刘赟坐了天下，能不找碴报复吗？"

众人道："对，我们不保姓刘的，就保元帅。"顺手把一面黄色军旗披到郭威身上，山呼万岁！

此乃五代风云又一次王道易主。

当初，刘知远建立后汉国，病死后刘承祐承位，父子相继不到四年而国亡。新皇帝郭威即位，自认为是周朝虢叔之后，改国号为后周，年号广顺，谥刘承祐为隐帝，仍尊李三娘为皇太后。封妻子柴一娘为皇后，收柴荣为儿子，封晋王。又下诏大封功臣，封王峻为邺都留守，王朴为昌邑侯，范质为丞相，赵匡胤为飞龙大将军，郑子明为飞虎大将军，史彦超为京城汴梁军营总部署，其余张光远、罗彦威、石守信、曹斌、李荣、赵修巳、曹英等皆封将军之职。文官窦仪，潘仁美等也都封了职位，众皆大喜。

张光远、罗彦威请假回酸枣门全家团聚。赵匡胤回家看望了父母、妻子。看到别人回家探望，郑子明想到自己也得有个家，在赵匡胤陪同下，排了大将军出行仪仗，威武来到陶然县陶九公家。陶三春一看，乐呵呵地笑了，郑子明就在陶然县成了亲。

郑子明迎娶陶三春回到军营，晋王柴荣领着张光远、罗彦威都登门来贺。

第九回

讨老鸹郭文仲受伤　射人影赵匡胤获罪

后周太祖郭威位登九五，连日受贺，所有的州府镇将、刺史和节度使，或纳贡上贺表称臣，或亲临宫廷觐见叩拜，来来往往，热闹非常，郭威心中欢喜得不得了，做皇帝真好啊！他情不自禁地向下望望，扳着指头数着谁来了谁没来，数来数去，就高平关高老鹞既不来朝觐见，也不呈送贺表。这高老鹞不宾服于周，定然怀有不臣之心。他默自哼了一声，高老鹞，你就是不反朕，朕也会让你死；你要反，那就更得死。还在邺都留守任上的时候，郭威曾经想过自己怎么就不是皇帝呢，要是的话，就来个"君叫臣死，臣不得不死"；如今，朕真的成了一国之君了，有权力这样做了，要让你这只老鹞死翘翘。他伏案亲手草就一道诏旨，差遣三司使判官沈进代行翰林承旨使之职，带了诏旨和一壶鸩酒去了高平关。门吏把沈进领进帅堂见过高行周，沈进说明了来意，要宣读诏旨了，不知出于什么原因，伺候在旁的将军李奇突然叫了一声："王爷……"

高行周把端在手上的茶碗一放道："拿来，本王自己会看。"

明显听出话音不对，沈进又不敢不呈，双手捧了诏旨呈上去。高行周看都没看一眼，把诏旨撕得粉碎扔到地下，气愤地踩了几脚，又接过鸩酒，高举起来要往下摔，却突然停下来道："他郭威是周的主子，没有权力让汉的臣子死。这壶鸩酒，你给郭威带回去，让他饮下自尽，向地下的汉主谢罪，向臣民谢罪，省得本王兴师动众去京城问罪。"

硬朗朗的几句话，把沈进给整蒙了，他对高行周道："这这，我哪里敢拿回去？"

李奇拔剑在手道："王爷，不能让他走。"

高行周喝道："你没听见我说的话吗？让他走！"

李奇两手握剑柄前拱施礼道："他拿鸩酒来，说明是郭威的亲信，这等人怎能放走呢？"

沈进却道："王爷，我回去也是死，还不如就死在这位将军的利剑之下。"

这等场面，让高行周哭笑不得，他对李奇道："杀沈进很容易，可是他死了，谁把这壶鸩酒给郭威带回去呢？还是放他回去，让他带话给郭威，让他早点饮下鸩酒，早死早托生。"

能早点除掉郭威当然好，可是李奇有些疑虑道："王爷，他要半路把鸩酒扔了呢？"

高行周道："本王在京城安插有密探，他是不是把鸩酒给了郭威，本王定会知道。他要敢欺哄本王，那些密探不会让他活命。"

李奇晃一下手中的剑，大声断喝道："沈进，你听见了没有？"

沈进回道："我听见了。"

李奇又喝一声道："听见了还不赶快拿上那壶鸩酒滚！"

沈进双手接了那壶鸩酒出关去了。

沈进回到京城的当天，郭威在崇元殿召集满朝文武布置重建新秩序的事，沈进让门卫通禀一声进去，亦步亦趋来到殿心拜道："臣从高平关回来了。"

沈进没敢说复命，他在路上就盘算好了，自己没有完成使命，只能说回来了。

陛座上的郭威饶有兴致道："高老鹞死了吧？"

沈进没有说话，双手将那壶鸩酒呈上，伺候在旁的内臣接转给郭威，郭威看了一眼，他那颗急切想让高行周死的心刹那间变得冰凉，他怒气冲冲地质问沈进："怎么，你没有去高平关？"

沈进答道："回陛下，臣去了。"

郭威问道："既然去了，为何又把鸩酒拿回来了？"

愤然的质问，让沈进不住地颤抖，他满脸难为情的样子说道："臣不敢说。"

郭威追问道："为什么？"

沈进缩着头不作答。

看出沈进被吓得战战兢兢，郭威道："你不用怕，朕恕你无罪，如实回禀即可。"

沈进怯生生地偷看一眼郭威，忙又低下头道："高老鹞的宝剑搁在臣的脖颈上，逼臣拿回来。他还说要借我的口，给您带个话，让您饮下这壶鸩酒。"

砰的一声，郭威把那壶鸩酒摔到地上骂道："高老鸱你个老匹夫，朕要发兵杀上高平关，生吞活剥了你，方解朕心头之恨。"

将领们群情振愤，齐声呼应："杀上高平关，灭了高老鸱。"

还有人当场请缨道："陛下，您就下令吧，我们这就杀上高平关。"

众人嚷嚷着要杀上高平关，灭了高老鸱，吵得军师王朴耳朵嗡嗡作响。他两手平伸压了压，示意大家安静，开言问沈进："你在高平关都看到些什么？"

沈进回道："我进的是东门，门顶檐楼高悬'汉'字旗，城墙上岗哨森严，关城里面有些兵卒来回走动，各营垒门前都有人守卫。我说了要见高老鸱，他们就把我领到了高老鸱的帅堂。"

王朴道："依你看，高老鸱神色如何？"

沈进道："他的面颊有些暗淡，说话声音低沉，间或有点咳嗽，说到陛下的时候咬牙切齿。"

听到这里，王朴耷拉下眼皮陷入沉思。从根本上来说，王朴是不主张打高平关的。

思索片刻，王朴弯腰相接两手前拱一揖道："陛下，依沈进所陈，高老鹞虽掌控高平关，然他身体虚弱，精力有限，不会亲自上阵厮杀了。臣原想对待他的办法有二：一是劝降，据沈进所见，高平关城头挂的仍然是'汉'字旗，看来这高老鹞对汉国是吃了秤锤铁了心的；二是讨伐，高平关关城坚固，地势险要，不利于我兵征讨，高怀德又勇冠三军，攻打不易，请陛下三思。"

将军们又嚷嚷起来，打头的是曹英，他在灭后汉国时没有赶上杀苏逢吉的儿子，觉得不过瘾，急着想去高平关痛杀敌军，便施礼道："军师你不要长他人志气，灭自己威风，我不信我们这么多能征惯战的将领胜不了高家父子，在下主张出兵，定能拿下高平关。"

接着，张光远、石守信、李荣等道："只要陛下一声令下，凭我等的智勇，那高平关就是铜帮铁底也要把它打烂。"

看着众将士气旺盛，郭威捻着颔下苍髯笑道："好，朕要的就是这般勇气，朕意已决，定要灭了这个高老鹞，大家就等候军令吧！"

众将俯首参礼道："是。"

朝会散去，郭威起身准备回寝宫稍作休息，守门的侍卫进来禀道："晋王千岁说有事要见陛下，已在门外候旨。"

郭威道："宣他进来。"

侍卫传旨，晋王柴荣进来施礼道："儿臣此时觐见父皇，是因儿臣派出去的侦探回来报说，高老鹞近些日子频繁操演兵马，预备粮草，声称要为死去的隐帝刘承祐报仇，请父皇早做定夺。"

闻听此奏，郭威道："高老鹞不来朝贺，果有反意。"

他眼望门口想了多时，又道："晋王！"

柴荣俯身应道："儿臣在。"

郭威道："高老鹞真有些轻视我朝了，低估了朕奈何不了他。哼，岂知朕今非昔比，要兵有兵，要将有将，所谓先发者制人，朕这便提兵讨伐，打上门去，看他还有啥说辞。你快去，再把臣僚们召集回来商议。"

晋王柴荣施礼答应一声，倒退三步转身出去，很快文武僚佐就又聚到殿堂，郭威将所探到的消息和他的想法说给众人听："大家如果认为可以，三日后出兵。"

他的话音一落，翰林学士窦仪当即出班奏道："臣赞成出兵高平关，然必得留一位重将守卫京城。"

看出窦仪一脸惊慌的样子，令王朴一时不解，他冷冷地问道："窦学士，你什么意思？"

窦仪反问王朴道："你知道太原刘崇的动向吗？"

王朴摇头道："侦探没有报回这方面的消息来。"

窦仪道："在下的一个老朋友，前日说了一些有关太原刘崇近来的情况，他对陛下推倒汉建周心怀不满，要在太原建汉。"

王朴不禁有些着慌道："还有这等事，你继续说。"

窦仪道："刘崇拥有十三州，几万兵马，如果他探知我兵去了高平关，与契丹勾连举兵南袭，便有京城不保之忧。由此，以在下愚见，须留智勇之将在京城。"

王朴点点头，转身上对郭威施礼道："陛下，您看此议如何？"

郭威道："窦爱卿言之有理。刘崇此人有勇有谋，不管他会不会南来，我们做些防备，有利而无害。"

他以手势约晋王柴荣进前，低语几句，然后提高声音对众僚佐道："朕决定御驾亲征，循例君出太子监国，留晋王在朝，飞龙大将军赵匡胤保驾守京城，其余将士除了禁军、羽林军将佐之外，一律随驾听用。"

听郭威说完，王朴俯首施礼道："陛下此议圣明。"

郭威率领三万兵马来到高平关东门外十里之地安营升帐，商议打关之事，众将争着要打头阵。郭威给王朴使了个眼色，王朴按郭威的暗示，点名护国将军张光远出阵，飞虎大将军郑子明和将军曹英、王豹掠阵。

次日，吃过早饭，张光远一马当先来到高平关东门搦战，门吏报进帅堂："启禀王爷，一个苍黄脸的贼将，骑一匹黑马在门外叫阵，请令定夺。"

自从放走沈进以后，高行周增加了侦探数量，早已得到郭威攻打高平关的消息。此时他坐在帅堂虎座上，一脸严肃道："退鸩酒激怒了反贼郭威，亲率大军来攻关，众将有何拒敌之策？"

部将们听出来了，元帅说的是拒敌，而不是退敌，说明他要和郭威拼一拼。

孟金龙道："滑州之战，郭威的那些将领都亮相了，也没什么了不起的，我们完全可以与他较量一番。"

彭百禄看一眼兄长彭百福道："在下赞同孟将军之见，郭威他们既然来了，咱们就得欢迎不是？不能让人家只丢下几具尸体就回去吧。"

他的话把众人逗得哈哈大笑，副元帅乐元福笑罢说道："我的想法是闭关自守不理他，熬他个十天半月，看看态势再说。"

孟金龙道："要打，现在就打，我先出。"

这时候高怀德先给高行周施一礼，后转身朝向众人施礼道："我估计，先来叫阵的，多是自告奋勇争头功的，把这种人的气焰打下去，后边的人就胆怯了，甚至不敢出战了，不知父亲以为如何？"

原来，高行周想的就是闭关不战，现在听儿子高怀德要打，他的态度也变了道："那就按孟将军说的，现在就打，乐元帅你看怎样？"

乐元福想了想道："要重兵出击，请元帅您点将吧！"

死了毛松明，将士们胸中结着一个疙瘩，要复仇。高行周觉得既然郭威兵马来门上叫阵了，让他们借此出出气也好，这便站起来点将道："金龙、怀德你俩各带本部人马一起出阵，定要重创来敌。"

二将倾身参礼道："遵命。"

回过头来看郭威这边，直着嗓门叫阵的张光远，忽见关城东门大开，冲出一队人马，为首的将领一个是高怀德，一个是孟金龙，眼前掠过滑州战场上的一幕，他也不问名姓，出枪就刺。掠阵的郑子明见张光远一人难以招架两个来将，大声道："喂，姓王的，你愣着干什么？咱俩一起去帮张将军。"

说完，他也不管王豹听见了没有，纵马挥枪敌住孟金龙。王豹略望一眼对阵的情景，去帮张光远来攻高怀德。高怀德拨开张光远的枪道："张光远，你助郭威兴兵造反，灭汉建周。我劝你回去享受你的护国将军俸禄去吧，不要替郭威卖命了。"

张光远道："汉亡已成事实，你们的城头上换上一面'周'字旗，我就劝我主撤兵。"

唰地一枪，高怀德的枪从张光远的披风上擦过，说道："你不要妄想了，'周'字旗是不会插到高平关城头上的。"

二人谈不拢，只有兵戎相见了。高怀德以一拒二，战了不到十个回合，一枪刺中张光远的左腿。张光远哎呀一声，勒马旁移，不承想那马撞到王豹的马上，王豹躲闪不及，被高怀德打下马来，一枪刺死。张光远支撑着，兵卒们抢回王豹的尸体，败下阵来。

郑子明与孟金龙两人相持之间，看见王豹死去，张光远败退，眼看高怀德要来攻自己了，心下有点发慌，虚晃一枪，驱马摆脱缠斗，对孟金龙喊道："喂，姓孟的，天过午时了，咱老郑的肚子咕噜噜直叫，待咱回去填满肚子再来会你。"

孟金龙哈哈大笑骂一声："黑小子，你也怕！"

此战大胜，在城头观战的高行周、乐元福笑嘻嘻地下了城墙将二将迎接至帅堂，举城庆功。

周军战败，郭威板着面孔在大帐里数落将士们不尽力。军师王朴觉得这般数落下去也不是个事，他朝郭威施礼道："高平关攻防兼备，不能再这样打下去了。"

郭威忙问道："鉴于此势，军师有何策胜他？"

王朴回道："兵退三十里，养精蓄锐，视情再战。"

这可把郭威气得不轻，他投袂站起来就往大帐后门走去，然后折返回来道："那高怀德枪法使得和他爹一样娴熟，史彦超、王峻、张光远都是他手下败将，还有谁能与之抗衡？军师，你说是战还是撤？"

王朴摇头道："这般损兵折将如何回去？陛下，战胜高家父子非赵匡胤不可。"

郭威叹道："他在京城怎么出征？远水不解近渴啊！"

王朴笑道："我们来个走马换将，把他换到阵前来。"

郭威眯眼想了想，点头道："好，快传朕旨，让史彦超、石守信去守京城，换赵匡胤来，要快。"

王朴领命而去。

接到诏旨，赵匡胤日夜兼程赶到高平关拜见郭威，郭威道："阵前战情你知道了吧？那高怀德和高老鹞一样武艺超群，你来了，就有力量对付他了。"

赵匡胤参礼道："陛下，您太抬举我了。在下听史将军说过，高怀德武艺高强，臣不一定能胜他。"

军师王朴在旁微笑道："赵将军不必过谦，听郑子明讲，连武艺高强又会使妖法的董达之妹董美英都死在你手上，还有谁能打得过你。"

赵匡胤笑道："那董美英原是为她兄长报仇，交手当中她谎言求婚。我不同意，她便使了妖法，多亏在下盘龙棍的神通，才破了她的妖法。"

郭威问他："如今盘龙棍还在你手吗？"

赵匡胤迟疑片刻，参礼回道："在。"

军师王朴接过话道："高怀德除了会使暗器，又不会妖法，他的功力不会在你之上。休息去吧，明日兵发高平关。"

赵匡胤施礼告退回了自己营帐，郭威站起来道："离开京城的日子不短了，朕有些着急。军师，你传令下去，明日寅时造饭，天一亮就起身。"

次日，东天的晨光透进大帐，郭威才睡醒了，侍卫施礼道："军师说您这几天累了，让您多睡一会儿，他带兵先走了。"

郭威也不说别的，只喝了一声："快去给朕备马。"

侍卫很快牵来马，郭威带了些干粮上马前赶，赶上大队人马到了高平关，差遣赵匡胤叫阵，指名要战高怀德。

高平关守城将士报进帅堂，高行周不慌不忙，问了来报军情的人几句话之后，带着一干将领从城墙上转到东门，伸手指着下面一个人道："你们看见了吧？那个红脸大汉是赵匡胤，差点把孟将军打死的就是他。"

背后的高怀德走上前来，参礼道："待孩儿出去会会他怎样？"

在滑州见过赵匡胤之后，高行周就想着为高怀德留条后路，兴许哪天得投奔赵匡胤，今天他依然坚持这个想法，不能让儿子与赵匡胤直接对阵，遂脸朝右边一转道："刘将军，你出战，不行就回兵，万不可恋战。"

刘将军是刘文端，他俯身参礼道："裨将记住了。"

东城门开处，刘文瑞带着本部兵马一露头，赵匡胤就策马迎上去，手中盘龙棍挥动一下，指住刘文端道："那高怀德怯阵，派你来了，你叫什么名字？"

刘文瑞道："你战胜我刘文瑞，高将军自会来取你性命。不过，本将军从不战无名小卒，你报个名吧，我回关报功也知道你是谁。"

听他口气不小，可不知他手段高低，赵匡胤心说待我试他一试，呼的一声举起盘龙棍打将过去，刘文瑞接了一招，两马走开，赵匡胤道："我是周天子驾前飞龙大将军赵匡胤，听说过吗？"

刘文瑞在马上冷冷笑道："龙是水中物，你来到这个无水的老马岭，是死的预兆，待我送你一程去见阎王吧。"说完，举枪戳向赵匡胤。

赵匡胤呵呵笑道："不知你枪法怎样，话头可不小。"说完，举棍迎了上去。

枪棍相交，正在酣战，高平关城头忽然鸣金收兵，刘文端道："本将军回关有事，失陪了。"迅疾勒转马头，离开战场。

赵匡胤摇了摇头，回营复命，把阵前情形描述了一遍。郭威听了大骂高老鹞不是个东西，下令全军立刻出动去攻打高平关。

军师王朴和在帐众将劝阻道："陛下，急不得，明日臣等护驾一起去。"

郭威不理众人，提刀出帐上马就走，众人赶紧出了帐门，扈从郭威来到高平关叫阵。高行周闭关不出，郭威叹着气退回营地。

来到高平关二十多天了，已是秋末，天气阴沉，寒风凛冽，连绵的秋雨下个不停，多数人衣服单薄，冷得发抖。赵匡胤、张光远联袂觐见郭威，施礼道："陛下，很多将士冷得生病了，我们不能这样打下去，得撤兵回去。"

郭威道："你二人说得不是没有道理，可是朕不甘心就这样无功而返。"

接着，郭威问王朴道："军师，你看如何是好？"

王朴满面愁容，沉默不语。

郭威不愿这样撤兵回京，手指王朴道："传令起兵去打关。"

王朴道："起兵？这等天气不利于行军打仗。"

郭威脸一沉，吼道："我都不怕，你们怕什么？"

就这样，郭威又把大军带到高平关，从东西二门架云梯冒雨强攻。城上箭矢纷纷落下，将士多有死伤。

郭威此刻冲到前面，向城上喊话："朕是周国天子，有话对高老鹞说，快叫他出来见驾。"

半掩在堞垛后面的城上将士，望着伞盖下的郭威道："我们王爷高贵之体，怎能出城见你这个反贼？你要有能耐就破城进来，不能破城而入，就快点给老子滚蛋。"

郭威夹一下马腹欲前进，没防备城上射来一箭，正中他的坐骑，郭威从马背上摔下来，左臂膀受伤，随侍在旁的张光远和侍卫、亲兵们把他抬回大帐将养。

几天后，郭威忽然挺身大叫："传军师。"

侍卫们把王朴传进大帐，郭威道："朕的身体恢复得差不多了，可以上阵厮杀了，明日出兵再攻高平关。"

军师王朴道："再攻，也怕……"

他偷看了郭威一眼，舌尖一转道："臣这就传令下去。"

还是前几日出兵的那个时辰，郭威挎着左胳膊，右手提剑，伺候他的亲兵和侍卫把他扶到马上，带着将士走出十余里地，身后追来一骑喊道："陛下留步，臣有要事奏闻。"

来者何人？郭威回首一看，勒马停下来叫道："马将军，什么大不了的事，把你急成这样？”

郭威起兵来打高平关时，为加强北境防守，钦点马全义去帮王峻镇守邺都，他下马奏道：“侦探报来消息说，太原刘崇与契丹联络，相约以八万兵马南下攻打京城，请陛下裁夺。”

郭威虚扶马全义起来问道：“王将军什么意见？”

马全义道：“他说让臣劝您赶快撤军，回保京城。”

郭威问王朴道：“如此军情，军师有何见教？”

王朴自然是主张回军的，然他知道郭威一心想灭掉高老鹞，已经来到这里了，可能不同意半途而废，于是道：“臣也不知道如何为好。陛下与北人打过几年交道，摸他们的脾气，还是请您拿主意吧！”

郭威思索了一下道：“他们是想趁大军在外南袭，我们回撤吧，还是保京城要紧。传令，回去。”

自出兵高平关至今，晋王柴荣和赵匡胤兄弟们没有在一起相聚。这天晚上，柴荣事情不多，把兄弟五人和新近投在他帐下的赵匡胤二弟赵匡义、名士赵普等召集在他日常理事的庭屋相聚饮酒之间，守门卫士跑进屋来，惊慌道：“禀王爷，不好了，不好了，外面池子里出了妖精了。"

郑子明喝一口酒道:"不用理他,咱们只管饮酒。"

他只害怕饮不成酒,朝那守门卫士大喝一声:"什么妖精不妖精,出去!"

已经饮得有几分醉意的赵匡胤问卫士道:"你看见了?"

卫士答道:"看见了,在御池水面上游动,在下看得清清楚楚。"

噌地一下,赵匡胤推开郑子明敬过来的酒道:"先放下,回来饮。"接着一伸手拿了柴荣的弓箭,对卫士道:"走,你领我去看看。"

赵匡胤与卫士走在前面,晋王柴荣等一干人紧随其后。赵匡胤赶到御池边,果见水面隐隐有一物,他拉弓搭箭,照着水面起伏漂动的物体就是一箭,正要射第二箭之时,黑暗中传来一声:"谁在射箭?"

听出是太祖郭威的声音,赵匡胤赶紧撂下弓箭道:"是臣,赵匡胤。"

郭威站在寝宫旁门屋檐下,手扶栏杆观赏夜幕下的景色,背后是大烛,烛光将他的身影投射在后院花园里御池水面上。那影子,随着夜风吹拂水面微波的涌荡而飘动，没有见过这等景象的卫士，将它看作妖精报给了晋王柴荣，才有了赵匡胤射出的这一箭，惹得郭威怒气冲天道："大胆赵匡胤，竟敢射朕一箭？来人，把赵匡胤绑了，明日押赴刑场斩首。"

武士们奉旨把赵匡胤绑了，押进一间屋子里看管起来。

竟闯了这等大祸，晋王柴荣吓得魂不附体，张光远、罗彦威吓得面无血色。

赵匡义拿枪要救赵匡胤，赵普赶紧摇头示意他不敢造次。

郑子明呢，只是嘴里说着"糟了，糟了"，却并无良策。

晋王柴荣道："你不要再说了，随我去觐见陛下。"

郑子明道："大哥，要去你便自去，咱说话不中听，你那个姑父爹皇上一发脾气，连咱也关起来待斩了，谁保护二哥？"

撂出这些话后，郑子明扭头走向赵匡义，二人来到关押赵匡胤的屋门前，对赵匡义道："押在这里面的，是我二哥，是你大哥，你我守在这里，看谁敢动他。"

郑子明对着门缝叫声"二哥"，对赵匡胤道："你和大哥得清醒清醒，认准好赖人。郭威小肚鸡肠，容不得比他本领高的人，刚当了几天皇上，就翻脸不认人，要杀功臣。二哥，咱不保他了，咱去保一个明君。要不咱保大哥做皇帝吧，赵普当丞相，你当元帅，我当大将军，老四、老五和匡义都在帐下听用。咱这就一脚踢开门把你劫出来，去与大哥商议。"

屋子里，失去自由的赵匡胤冲门喝道："三弟，你休要胡来，按大哥的主意行事。"

柴荣让赵普陪着自己来到郭威寝宫门口，守门卫士不敢怠慢，赶紧把晋王前来觐见的话禀报进去，不一会儿里边的亲侍传出话来："陛下睡了，有事明日殿堂奏闻。"

次日早朝，晋王柴荣来到崇元殿。郭威受文武百官朝拜毕，问柴荣道："皇儿昨夜不是说有本要奏吗？什么事，现在可以禀奏上来。"

柴荣奏道："父皇绑了赵匡胤要斩，就因为他箭射御池影子之事吗？"

当了皇帝，郭威身份变了，然他多疑的性格没有变，最疑忌的有两个人：一个是高平关的高行周，从借刀杀人、暗袭、行刺、赐鸩酒，一直发展到兵戎相见，也没有杀了高行周；另一个就是赵匡胤，他在朝野很得人心，这般下去，会危及后周的江山社稷，便要借这件事，除掉这个心腹大患，所以郭威是不会放过赵匡胤的。

郭威道："他胆大包天，射朕的身影就是射朕，这还不够死罪吗？"

柴荣极力保奏道："他是因卫士禀报说御池里出了妖精，才拿了弓箭去射的，当时他酒喝多了，神志不清，只是对着那池中之物射出一箭，对父皇并无恶意。"

越听郭威越生气，心说朕和你是父子，你不维护父皇，反倒胳膊肘往外拐，为赵匡胤辩护，他怒道："朕收你为儿子，是让你将来继承朕的事业，不是让你来顶撞朕的。"

郭威气呼呼地走下陛阶，手指柴荣道："你给朕闭嘴，再敢多说一言，朕命武士把你赶出殿堂！"

但这也没有吓唬住柴荣，他继续为赵匡胤求情道："父皇，如若斩了赵匡胤，我朝就危险了。"

柴荣的这些话，把郭威气得脸涨唇紫，身颤手抖，他吼道："来人，给朕把柴荣赶出殿堂！"

殿前侍卫和武士们心里明镜似的，这晋王要不了多少日子就是新皇帝了，所以都站着不动，直到郭威又传令了，他们才向柴荣恭敬施礼道："晋王千岁，您就不要让小的们为难了，出去吧。"

柴荣边往殿门方向走边继续道："赵匡胤不能斩，请父皇三思。"

丞相范质、翰林学士窦仪和皇帝的亲侍连劝带扶郭威道："陛下息怒，陛下息怒。"硬是把他拥到陛座坐了。

这时，文班赵普踮步上前，向郭威深施一礼奏道："陛下，赵匡胤不能杀。他是个难得的人才，知古今，通兵略，有斩将夺城之勇，运筹进退之谋。以臣估量，陛下您的雄心，绝不是坐守中原这块不大的地盘吧。若想拥有九州之地，不能没有赵匡胤。赵匡胤的长拳十二式，天下无人能及；他的盘龙棍舞将起来如金龙罩身，玉蟒缠体，堪称武林一绝。请留下赵匡胤，为陛下南征南唐，北平刘崇所用。"

赵普是幽州蓟县(今天津)人，后徙居河南洛阳，为人敦厚，做事果敢，后汉时曾在永兴军节度使帐下做事。因世道不平，弃官隐居于野，救过周太祖郭威的命，现下在后周晋王柴荣帐下做幕僚。

看出郭威对他所说的话并不反感，赵普就又讲了一通春秋时齐桓公忘射钩之仇，用管仲为相齐国大治，卒霸诸侯的故事，但古人的故事对今天的郭威起不了多大作用，他依然咬定"斩"字不松口："齐桓公是齐桓公，朕是朕，朕怎能学他呢？"

郭威感到要尽快除掉赵匡胤，不然还不知会有多少人来为他求情。他抬眼向下面看了看道："朕意已决，将赵匡胤押赴刑场立即斩首！"

却听得殿门外喊出一声："陛下且慢！"

闻听此言，郭威一提嗓门断喝道："又是哪个不要命的，敢对朕的口谕说'且慢'？"

郭威纵眉向殿门望去，只见柴荣和军师王朴进得门来，趋步来到殿内。

郭威不等二人开口就道："柴荣，你可真行，倒把军师请来了。"

机敏过人的王朴，感到是该自己说话的时候了，他对郭威道："陛下您误会了，不是晋王千岁，是臣的文墨侍童去修国史院送史料路过崇元殿时听说的，臣在殿门外遇上了晋王千岁，便相随进来觐见陛下您的。"

郭威道："不说这些了，朕只问你，赵匡胤该不该杀？"

因为家里来了亲戚，王朴请假没有上朝。柴荣跑到他家里说了郭威要斩赵匡胤的事，他急慌慌跑来见驾要保赵匡胤，对郭威的问话，他只说了两个字："该杀！"

"该杀"二字一出口，郭威乐了道："该杀！你还来做什么？"

王朴又道："臣此时来是劝陛下刀下留人，赵匡胤不该杀。"

一听不该杀赵匡胤，郭威又不乐意了。

他提高嗓门问王朴："王军师，朕问你，这赵匡胤到底是该杀还是不该？"

王朴略一微笑，马上又绷起脸道："臣说该杀，是他射的那一箭，陛下说他射水面上的影子就是射您；说不该杀，是说前人吃跌，后人防滑。汉刘承祐为何灭亡？因为他杀了史弘肇，逼反了史彦超和陛下您。如果我们杀了赵匡胤，定会逼反郑子明他们几个，您的爱将王峻能抵挡得住吗？"

郭威道："不能。"

王朴又问郭威："史彦超、李荣、曹英他们几个加起来，能抵挡得住吗？"

郭威摇着头道："也不能。"

王朴道："那陛下您还敢杀赵匡胤吗？如果赵匡胤的人头一落地，马上就是另一个王者坐天下，您信吗？"

这番话悄悄送进了郭威的心坎，他身子往后一仰，叹气道："唉，都怪朕一时不明，差点朝纲不保。王军师，鉴于此情，你有何策？不如差遣赵匡胤二打高平关，取了高老鹞项上人头，将功补过，你看如何？"

闻听此言，王朴心说这人头长在高老鹞脖子上，不是想取就能取得。这不明摆着就是鹬蚌相争，渔翁得利——一个是久负盛名的老将，一个是崭露头角的豪杰，不管谁把谁灭了，都对他有利，这郭威也太狠了。不过，郭威总算松了口，现在只能走一步看一步了。想到这里，王朴两手相接前拱揖礼道："陛下英明。"

只是郭威还不太放心，他问王朴道："王军师，朕让他去打高平关，他会不会半路跑了？"

王朴道："臣拿性命担保，赵匡胤不会跑。"

郭威点一下头道："有你担保，朕且饶他一命。"

他向下喊道："武士们，去把赵匡胤带上殿来。"

不一会儿，赵匡胤就来到殿堂，趋步走到陛阶前道："臣赵匡胤见过陛下。"

陛座上的郭威站起来说道："赵匡胤，你射朕一箭，罪不可赦，但念你往日功劳，免去死罪。给你三千人马去打高平关，取来高老鹞人头，将功赎罪；取不来人头，朕就要取你的人头。退下去吧。"

拿三千人马去打高平关，取高老鹳人头，那不明摆着是去送死吗？赵匡胤本想拒绝领旨，扫见晋王柴荣和王朴同时向他摇头，才躬身施礼道："臣领旨。"

第十回

高平关匡胤借人头　死老鹞吓死郭麻雀

出了殿门，赵匡胤问柴荣道："方才您不该摇头阻止我。"

晋王柴荣道："王军师苦言相劝，父皇才松了口，你若那么顶回去，就会再次陷入僵局。那时我急着要把二弟你保下来，哪知父皇他还是不想放过你。"

赵匡胤走后，柴荣心情越发郁闷沉重了，他没有回宫，径直走向街巷。不知为何郑子明也来了，二人来到东华门，见一个恶少正往车上拽一女子。郑子明上前阻拦，那恶少举拳就打，郑子明一把抓住恶少出拳的手腕将其撂倒。这恶少是朝中翰林院一学士之子，这个学士上疏周太祖郭威，说自己的儿子被郑子明打了。郭威将柴荣诏至寝宫道："郑子明尽给朕闯祸惹事，把郑子明给朕逐出宫去！"

半天不见柴荣回话，郭威抬眼问道："你没有听见朕的吩咐吗？"

柴荣道："父皇，这样做又会惹来风波。"

郭威哗地一下撩被而起道："朕就不信逐不了一个郑子明！"

他手指一个侍卫道："传朕口谕，命武士将郑子明逐出宫去！"

柴荣感到自己恐怕保不下郑子明，赶快请来姑母柴皇后出面才算把郑子明保下来，但郭威命郑子明与赵匡胤一起去打高平关，金台御使潘仁美为监军，明日就起程。

因为明日就起程，出了寝宫，柴荣骑马传达了郭威的命令之后，把赵匡胤、郑子明、张光远、罗彦威、赵普、赵匡义众人聚集到东华门里太子宫为赵匡胤、郑子明二打高平关饯行，兄弟几个除了郑子明今日有酒今日醉之外，其余的人都没什么酒兴，只是默默地看着赵匡胤。赵匡胤望着放在桌子上的酒坛，微笑着道："大哥为兄弟们备了这般好酒，怎么不喝？来，喝喝。"他端起青铜酒爵大口喝道："大家不用担心，我不会死在高平关的。"

事实上，当取人头成为一个沉重的使命的时候，当思虑取人头成败的时候，众人都苦思冥想怎样才能取到人头。

赵普道："高老鹞稳坐山寨不出来，你如何能取到他项上人头？"

有的人说能不能把高老鹞诓骗出来，有的人说想办法混进高平关去行刺。赵匡胤站起来道："大家不必多说了，到了那里我会相机行事，大概不会空手而归。"

张光远道："我几个都去，人多计谋多，就是打起来也有个帮手。"

赵匡胤道："君无戏言，按陛下口谕办，多一个我也不带。"

这时，柴荣问郑子明："怎么不见你说话，你在想什么？"

郑子明道："咱在想出路了。这朝廷的事太可怕了，动不动就会被杀、被逐，以咱想来，就是养一头骡子，也不能这般随便吧。大哥，咱要离开这个血腥的地方。咱想回孟家庄去，在那里，咱就是降妖的神仙，咱说了算，不受气，多自在啊！"

大家的目光从郑子明那里，转到柴荣身上，柴荣这时道："三弟，朝廷有旨，你得去打高平关。"

郑子明道："好，那咱就随二哥上高平关去。"

听到消息的军师王朴，骑马赶到太子宫。赵匡胤要下跪感谢王朴的救命之恩，王朴忙伸手将他扶住道："我为你讲情，是为保你性命，谁能想到皇上这头免你死罪，那头就让你去打高平关，说白了就是让你去送死！表面上看是给了我这个做军师的面子，实际上还是让你活不成，无非是多活几日。"

赵匡胤施礼道："多谢军师让我从斩桩上逃脱，这个情我领了。会不会死在高平关，那可不一定。"

王朴点头道："我佩服你的胆量，但能不能取来人头，全看你的造化了。"

第二天，众兄弟来到校场，擂鼓为赵匡胤、郑子明率兵出征高平关壮行。赵匡胤带上人马来到高平关东门外三十里的地方扎下营寨，吩咐郑子明道："三弟，你与潘御使守住营寨，我到高平关去取人头。"

郑子明道："二哥，那高老鸹的人头，不是说取就能取的，还是让咱跟你一起去吧，打起来也有个帮手。"

赵匡胤道："守营寨不能没有你，还是我一人去吧。"

赵匡胤上马前走，郑子明叫道："二哥，咱怕你回不来啊！"

赵匡胤道："三弟，为兄我取了人头便回来。"

此时，潘仁美道："赵将军，我的心情和郑将军一样，怕你有去无回。其实，你大可去一个地方不露面，我和郑将军回去复命，说你离开营地去打高平关，再无音信。"

赵匡胤听了仰头哈哈大笑道："潘监军，你是不是怕我取不来人头连累你啊？我赵匡胤既然领了皇命去取人头，到了高平关，人家就是要了我的性命，我也只能认了。"

赵匡胤对郑子明道："我们带的粮草足够用几个月，你守住营寨千万不要动。"

安顿好郑子明，赵匡胤上马来到高平关东门叫阵。守门的将领骑马驰往帅堂报信："东门外来了一个红脸大汉，自报家门说叫赵匡胤，要打进关来见王爷。"

帅堂里，副元帅乐元福问道："他带多了少兵马？"

那位将领回道："只他一个。"

乐元福笑道："单枪匹马来打高平关？嗬，有意思。

走，去看看。"

乐元福骑马来到东门一看，果然是赵匡胤，他将此情禀报给了高行周。

从滑州撤军回来，高行周身体有些不爽。郭威反叛灭后汉建立后周，还出兵攻打高平关，他气得大病一场。数月后夜观天象，见自己本命星暗淡，料定自己时日不多，便朝思暮想身后之事，让夫人和儿子高怀德回老家去守宗祠，又把军事政务全权委托给了副元帅乐元福。

毕竟是久病之人，高行周有气无力，连说话都时断时续。他喘了喘气道："在滑州我与他有过一席之谈，此次看他是何来意。你……你扶我起来。"

乐元福和伺候在旁的侍童一边一个扶高行周站起来，让他在地上慢腾腾地走动了走动，才出了庭屋来到帅堂道："他人在哪？"

乐元福回道："在东门外。"

高行周道："打开东门，放他进来。"

高行周脚步一停又问道："他……他带了多少人马？"

乐元福道："在下去看过了，就他单枪匹马。"

不知何故，高行周停顿了半天才又重复道："放他进来。"

高行周这时略一踌躇又道："乐将军，你陪我在这里见他，另派谁去接他一下，你看谁去合适？"

乐元福道："在下以为李奇将军合适。"

高行周道："好，那就传令下去，让李将军去。"

过了片刻，中军官领了赵匡胤步入帅堂，身后是李奇将军。

赵匡胤看一眼安坐在案后的高行周，跪下拜道："小侄赵匡胤给叔父请安了。"

背靠椅背的高行周，吃力地向前哈了哈腰背，一双滞巴巴的眼睛看看赵匡胤，心里咕噜着我这里兵强将勇，那反贼郭威带几万兵马来打关都落得人仰马翻，扫兴而归；今天他单枪匹马就敢来闯高平关，嗯，真了不起！想到这里，高行周道："赵匡胤，你胆子不小，不带一兵一卒就敢到老夫关上来，你来做什么？"

事已至此，赵匡胤也没什么可隐讳的了，直接道："小侄来向叔父借人头。"

在场的人听了，目光从赵匡胤那里倏地一下移向高行周。高行周先是一怒，继而笑道："你让老夫见稀罕了。老夫活了这么大，还从没听说过有借人头这等事，何况老夫项上……项上人头也没有三颗五颗，能借给你吗？哼，你也不想想这高平关是什么地方，难道你不怕死吗？"

赵匡胤道："小侄就因为怕死才来的。"

高行周有些疲倦似的，向前哈了一下，乐元福赶快出手扶住他道："王爷，您累了吧？"

高行周推开乐元福的手，长长喘了一口气，朝后一仰，靠回椅背上，耷拉下眼皮养了养神问道："你怕死才来的，这话让老夫听不懂了，能说说这其中的道理吗？"

赵匡胤就把自己箭射御池郭威人影的事说了一遍："郭威说射人影就是射他，要斩了小侄，众大臣和小侄的把兄弟们求情无果，后来叔父您的同门师兄弟王朴以人头担保，郭威虽然免了小侄死罪，但要小侄带三千人马来打高平关，借您的人头，立功赎罪；若借不到人头，小侄必死无疑。小侄想，就是死在高平关战场上，也不能冤死在郭威的斩桩上，所以就来了。"

高行周听罢，微微向上扬了扬眼皮道："你小子是条汉子。嗯，你……你……"他的手抬动了一下，李奇意会，哈腰把赵匡胤扶起来。

高行周继续问道："你可知郭威为何要害老夫吗？"

赵匡胤摇了摇头，说不知道。

高行周道："他少时得了一个麻雀的外号，后来得知老夫外号老鹞，他这只麻雀就害怕起来了，想方设法要杀老夫，可惜他都没有得逞，现在又逼你来了。赵公子，老夫要不要把人头借给你，明天再说。乐元帅，你领赵公子到客馆住下。"

乐元福点头应道："是！"

这天半夜时分，副元帅乐元福被急促的敲门声惊醒，断喝道："谁？"

门外的人答道："我，李奇。"

待乐元福开了门，李奇进屋道："高平关是郭威的眼中钉肉中刺，若王爷在，高平关无忧；若是没了王爷，高平关难保。"

尽管乐元福觉得李奇说得有一定的道理，但是他不明白，李奇半夜三更来就为这个？他忙问道："李将军，你来到底有何事？"

到这般份上了，李奇不能不把事情挑明了："这不就因为赵匡胤要借人头吗？"

乐元福认为王爷只有一颗人头，怎会借给赵匡胤呢？

于是问道："赵匡胤来借人头又怎样？就是王爷同意，我们这些人也不会答应。"

李奇深叹一口气道："唉，我的乐元帅啊，您怎的这般死心眼啊？王爷的身体已很虚弱了，赵匡胤要是暗下毒手呢？"

赵匡胤要是暗下毒手，那我们为什么不来个先下手为强呢？乐元福一面这么想着，一面大声道："李将军，你现在快去叫上孟将军、刘将军、彭家兄弟，咱们几个这就去杀了赵匡胤，就没有谁能直接危及王爷性命了。"

说罢，乐元福抬手取下套在杙上的头盔戴了，又去拿铠甲时，李奇按住他的手道："不用去了，赵匡胤早不在客馆了。"

乐元福不觉皱起眉头，这李奇的葫芦里到底卖的是什么药呢？他感到有些困惑，摇摇头道："那赵匡胤到哪里去了？"

李奇对乐元福讲了事情的始末：

白天，赵匡胤对高行周说的那些话，当时李奇就很气愤，曾几次要拔剑杀赵匡胤，都被乐元福制止了。赵匡胤来借人头，这不明摆着是要杀王爷吗？若是没了王爷，高平关很快就会被郭威那厮的马蹄踏平。要保高平关，就得保王爷；要保王爷，就得杀了赵匡胤，然后集大兵打到汴梁，灭了郭威这个狗贼。他这么一层一层往下想时，天色黑下来了，便抬脚走出帐外。外面漆黑一片，他想此时月黑风高，是杀赵匡胤的好机会，忙返回帐里拿了宝剑朝外走，看见孟金龙带着四个侍卫走过来。孟金龙身着战甲，手执兵刃，说让李奇帮他去杀赵匡胤，报滑州之仇。李奇朝孟金龙嘿嘿一笑，孟金龙听出他的笑声中含有讥讽之意，便横眉一瞪问道："你笑什么？"

李奇道："我笑你还记得滑州之战被赵匡胤打下马来一事。"

孟金龙道："此仇不报非君子！"

李奇道："孟将军，你的仇事小，王爷的头事大，保护王爷，不能让赵匡胤得逞。"

这时，孟金龙忽然哈哈一笑道："你我想到一块去了。李将军，我就是来找你商量这事呢，既然赵匡胤自己主动送上门来了，还能让他走掉？事不宜迟，走。"

李奇道："赵匡胤武艺高强，你我都不是他的对手，得叫上刘将军、彭家兄弟一起去。"他遂派侍卫把刘文瑞、彭家兄弟叫到自己营帐商议，最后大家达成一致，不能用兵器，那样会惊动客馆的其他人，用套野猪的大套囊，二更时辰摸进赵匡胤下榻的房间捉他。

一切按计划进行，赵匡胤来不及反抗，便被众人绑了带到李奇营帐，逼他写一份不借高行周人头的契约。赵匡胤拒绝，孟金龙将手中利剑搁在他的脖颈上道："不写就杀了你！"

这种威胁，对赵匡胤毫无用处，他哈哈大笑道："砍下赵某的人头，不过碗大个疤，有什么可怕的，来吧！"说着，赵匡胤直挺挺伸直脖颈等死。

见赵匡胤并不怕死，李奇与孟金龙等人背过一旁一阵私语，然后命侍卫塞住赵匡胤的嘴巴，抬着他向西去。

他们刚走，李奇营帐就进来一个人。此人就是孙清，他在陶然县放走赵匡胤，后来报信高平关救了高行周，高行周怕他回京城有性命之虞，劝他留在了高平关。今日他得知赵匡胤夜宿客馆，担心有人暗中生事，黄昏时分他到客馆看过赵匡胤。二更以后，他又到客馆看时，发现赵匡胤已不在屋里。他心神一慌，跑去找老朋友彭百禄，兵卒们告诉他，彭百禄被李奇的亲兵叫走了。孙清又赶忙来到李奇营帐，李奇上马正要离开，孙清一把将他拖下马来问道："是你劫走了赵匡胤？"

面对孙清突如其来的质问，李奇不以为然道："是又怎样？"

孙清又问："赵匡胤现人在何处？"

李奇道："孟将军押着他往西城墙那边去了，准备将他推下西面陡坡摔死。"

孙清急得满头大汗道："你们怎敢把他摔死？我听人说，赵匡胤是未来平定南北战乱一统天下的帝王，那时我们就都是他的臣民。"

经他这么一说，李奇想起高行周好像也说过类似的话，忙道："此话当真？"

孙清指天发誓道："我要是说了假话，不得好死。"

救人要紧，孙清对李奇道："快，快给我一匹马。"

李奇道："我这里没有多余的马，你快上我的马，咱俩骑一匹马去。"

孙清道："一马驮二人跑得慢，你先去救人，我随后到。"

孙清回自己住处骑了一匹马拼命前赶，不料半路遇到已从西城墙返回的李奇、孟金龙众人，唯独不见了赵匡胤，孙清急问："怎么不见赵匡胤？"

孟金龙下马施一礼道："孙将军，是我报仇心切，太鲁莽了。适才要不是李将军及时赶到，赵匡胤就见阎王爷了。"

孟金龙满脸赔笑又深俯下身道:"孙将军,在下这厢赔礼了。"

此际的孙清也顾不上还礼,只问赵匡胤人在哪。

见孟金龙不回答他的问话,怀疑这其中有诈,拔出三尺佩剑一晃,向孟金龙刺去:"你把人杀了,拿这话来骗我,待我一剑捅死你这个不义之徒。"

孟金龙左手挡了一下孙清刺过来的剑,手被刺破了,右手拔出佩剑来挡孙清的剑,两人厮杀在一起。李奇看出孙清是拼上命也要闹个水落石出,连忙提剑纵身挡住孙清的剑道:"孙将军,我们并没有杀赵匡胤。"

孙清还是那句话:"赵匡胤人在哪?"

李奇还没来得及回话,孙清反向李奇使出一剑吼道:"谋害赵匡胤的主谋就是你,吃我一剑!"

其间,孟金龙赶快前移脚步出剑挑开孙清的剑道:"孙将军,你听我说……"

孙清说着"我没时间听你的鬼话",调转剑锋又与孟金龙缠斗起来,李奇赶快去挑孙清的剑。

三支剑正恶斗得难分难解之时,从后边赶来的彭百禄跳下马道:"孙将军,你这是干什么?住手!快住手!"

孟金龙一边应付孙清刺过来的剑，一边道："他怀疑我们把赵匡胤杀了。"

现在要紧的是先制止相互厮杀，所以彭百禄也出剑把孙清的剑往旁一拨，凑势两手拦腰抱住他使劲往后拖道："孙将军，你信不过孟将军，该相信我这个老朋友吧。"

孙清虎着脸问彭百禄："赵匡胤人在哪？"

趁彭百禄缓气的时候，孙清挣脱开抱他的手，纵步蹿过去要杀李奇，李奇的剑架住孙清的剑道："赵匡胤确实没死，我们怕他还要向王爷借人头，把他绑到马背上，送出关去了。"

孙清道："我不听你的鬼话，看剑。"说着，又一剑刺向李奇。彭百禄赶紧将孙清抱住推到一边解释道："确实放赵匡胤走了，由四人护送，四人中有我的两个亲侍，路途上不会有事的。"

孙清这才向众人施礼道歉道："是在下误会各位将军了，请见谅。"

讲完这件事情的来龙去脉后，李奇问乐元福，赵匡胤的事该如何向王爷禀报。乐元福不假思索道，实话实说。

昨晚的事摆不到桌面上，李奇觉得照实说了，王爷肯定要治他们的罪，便道："乐元帅，那是见不得人的事，怎能实话实说呢？在下思来想去，还是对王爷说赵匡胤跑了比较妥当。"

乐元福也不想使众人受到责罚，想了半天，也没有想出比这更好的法子，两人便统一了口径，来见高行周道："启禀王爷，出事了，赵匡胤昨晚跑了。"

高行周疑惑道："跑了？他……他是怎么跑的？"

乐元福目光扫一下李奇，以为他要接话，却又见他并没有出声，于是赶快补上一句："估计他怕王爷您杀了他。"

高行周微摇下颔，喘了几口气方道："唉，他的话听起来慷慨热血，可他到底还是……怕死。"

且说四个侍卫把赵匡胤送出关外走了大半天，解开捆绑的绳索任他自去。赵匡胤打马前走去找客栈，也不知走了多远，听见有人断喝一声："下马，这里也是你随便能来的地方吗？"

赵匡胤着眼一看，面前是石峰山。不知怎的，就像有什么人在指引，竟来到了这里。不过也好，到山上看看董氏兄弟他们。他下得马来道："快去给董大王传话，就说赵匡胤到此，让他们来见。"

两年前，赵匡胤从京城逃出西去路过此地，与董龙、董虎兄弟俩成为朋友。董氏兄弟把赵匡胤接到山寨款待，赵匡胤问董氏兄弟现在聚集了多少人马，董氏兄弟施礼回了话。赵匡胤道："你俩如果愿意，召集些人马与我一起去打高平关。"

董氏兄弟带了八千人马离开山寨，来到太行山。赵匡胤的舅父杜二公在这山上为王，赵匡胤就以看望为名去拜见杜二公，说服他带了五千精兵，与驻扎在高平关营帐的人马会合。

郑子明、潘仁美一起来看望赵匡胤，郑子明道："二哥，你这一走就是四十天，咱就像等了四十年那样长，咱以为再也见不到二哥你了。"

赵匡胤对郑子明道："为兄我搬兵去了，你没看见我带来了一万多人马吗？"

赵匡胤把杜二公和董氏兄弟引介给大家，命侍兵安排酒宴为众人接风洗尘。

休整三天后，赵匡胤兵分两路再打高平关。高行周隐约听到有战鼓声，忙让伺候在侧的侍童搀扶着来到帅堂，让堂前中军官传来李奇询问，李奇把后周兵马攻打高平关的事说给他听。

高行周道："又是周的兵马，领兵的将领是谁？"

李奇答道："回王爷，赵匡胤。"

高行周两手扶着椅子把手似要站起来，却又无力地坐下喝道："你和乐元帅不是说他跑了吗，是哄骗老夫不是？"

李奇参礼道："裨将不敢哄骗王爷，现在看，他跑是假，搬兵是真。臣到城上看了，此次他带的兵马有一两万人。"

高行周已是累得坐不直腰背了，上身朝前一栽，两个侍童赶快出手将他扶定。李奇见此情形道："王爷，保重身体要紧，战事有裨将和乐元帅，我们会派兵日夜防守。"

高行周缄默不语，然后无力地轻轻点了一下头。

赵匡胤带领人马日夜攻城不绝，搅得高行周心烦意乱。这天，中军官又来后庭禀报："孟将军、刘将军说有事要见王爷。"

高行周在两个侍童的搀扶下来到帅堂坐了，摆手让众将免礼道："眼下只能敛兵固守，城上多加些弓箭手，谅来不会有失。"

刘文瑞道："以裨将想来，我们几个一起出战，不信就打不过一个赵匡胤。"

高行周摆手道："刘将军，赵匡胤不仅武艺高强，而且还有谋略，与他交战，没有不损兵折将的。老夫不能让你们去送命，还是以守城为上，下去吧。"

仅隔一天，高行周吃过早饭，接过侍童递给过来的茶水正要喝，又听见战鼓声从空中传来。他把茶盏放过一边，命侍童搀扶着从后庭出来，命中军官把盔甲取来。

中军官劝道："王爷，您现在的身体状况不能出战啊！"

高行周断喝道："快快取来！"

因为情绪激动，加之用力过猛，高行周当下眼黑头晕，浑身冒冷汗，中军官和侍童忙又搀扶他回到后庭休息，高行周叹一口气道："唉，我枉为封疆大吏，不能上阵杀敌，这般行尸走肉活着有何用？"他又让中军官快去取盔甲来，未及中军官说什么，他便昏倒在座位上。惶惑之中，他想到要是儿子在身边，哪里会大兵围城没人退敌呢？他转念又一想，自己一世英名，不能就这样化为乌有。他手扶椅背站起身来，喊叫着让中军官为他换战甲，中军官极力劝阻，高行周怒道："你没有听见我说的话吗？"

中军官知道再抗命下去也不是个办法，忙取来盔甲帮高行周穿戴起来。高行周向前一迈步，就扑通一声跌倒在地。众人见状，赶快将他抬到后庭的卧榻上。大家侍立在旁，大半天始见高行周醒来，高行周左右望一眼道："李奇将军留下，其他人快回各自营帐督兵守城。老夫病体么……一时半会儿好不了，但也坏不到哪里去，你们不用担心。"

催促孟金龙他们离开，高行周为自己卜了一卦，卦象大凶，他叹道："命中注定不得善终，倘然落在他人之手，还不如做个人情，就此一死了之。"但他对忠于他的那些将士和老马岭这片土地又心有不舍，他很想登上城墙再看一眼城里城外的景象，高行周叫来侍童一边一个扶了自己往外没走几步就冷汗淋漓。唉，老鹘子不中用了，不要说出战退敌，就是连城墙都上不去了。想到这里，他让侍童扶自己回到后庭，然后打发走侍童，写了两封书信，一封是留给夫人和儿子的，另一封是写给赵匡胤的，然后坐在榻上骂了一通郭威："老夫就是死了，鬼魂也要吃掉你这只麻雀。"

高行周呼哧呼哧喘了一阵气后，兀自长叹一声道："夫人、怀德儿，老夫这就……要走了。"抬手拔出宝剑向脖颈刺去……

一代名将，刎颈而亡。

第二天，侍童早早起来端着茶水进来后庭道："王爷，小的给您送茶水来了。"

见无人应答，侍童定睛一看，吓得撂下茶盏，惊慌失措喊道："快来人哪，王爷他……他他他自刎了。"

喊叫声惊醒了侍卫头领李奇，他抓过衣服胡乱往身上一穿，带了一干侍卫跑步来到后庭，扑通跪下来哭道："王爷，您怎么就这样走了呢？"

他哭了一阵，收住泪水磕了三个头，让人传来乐元福和诸位将军。高行周死了，群龙无首，众将不知如何是好。经众人商议，高平关被攻破是早晚的事，不如保命要紧，打开城门迎接赵匡胤进来。

众将互相看了半天，点头默许。

古代征战对峙的双方，一方向另一方投降，是要呈降表的。乐元福等人持降表来到后周军营，赵匡胤接了降表方知高行周已自杀。他又悲又喜，悲的是盖世英雄高行周叔父因我二打高平关而死，我爹知道了也会埋怨我的；喜的是不攻而破高平关。赵匡胤遂带着郑子明来到后庭吊丧，先跪下向高行周遗体连叩三头，然后站起拆开高行周留给他的书信。大意为今老夫自行了断，把头借给公子，他日公子开基创业，望能善用我子怀德等语。赵匡胤心下恻然，不住地叹息着走出后庭。乐元福、孟金龙、刘文瑞诸将跟在赵匡胤身后，紧走几步赶上赵匡胤道："要不是孙清将军及时找到李奇相救，你已死在西城墙外面的山坡上了，我等是罪人。"

赵匡胤道："那时各为其主，我不怪你们，你等就留在这里继续守高平关吧！"

乐元福道："就算你宽宏大量不计前嫌，只怕郭威也不会善罢甘休。"

赵匡胤道："有晋王柴荣和军师王朴在，皇上就不会派兵来攻。刘崇对你们只会拉拢不会打，契丹自秃馁死后兵势不振，也不会窜扰到潞州这一带。你们有兵有粮，完全可以守得住。"

听了赵匡胤这般安慰的话，众人心情顿时好了许多。

赵匡胤看着他们问道："孙清他人在哪？快领来见我。他屡屡救我性命，是我的大恩人，我当叩拜谢恩。"

不一会儿，孙清来到。赵匡胤一见，纳头便拜，孙清忙把他扶起来道："在下可不敢受你这般大礼。"

赵匡胤笑道："那以后我再报答你吧。孙将军，你现在还不能回京城去，就留在这里佐乐元帅他们守城。"

此时，乐元福却从后庭取来一个小木箱往赵匡胤手上一递，哭道："这是你要借的头……"

赵匡胤掀开箱盖略看一眼，把小木箱递到郑子明手上，对众将道："你们好好料理临清王后事，我得回朝复命了。"

乐元福朝那个小木箱跪下，痛哭流涕道："王爷……王爷您随赵公子去吧，恕臣等不能送……送您一程了……"

李奇等众将跪在乐元福身后，哭号着"王爷，王爷"，目送赵匡胤、郑子明提着小木箱离开……

回到京城，赵匡胤先去见晋王柴荣，正好苗光义也在座。赵匡胤向苗光义深揖一礼，苗光义站起来还礼。赵匡胤把二打高平关的细节说给二人听，苗光义喜道："在下料到凭将军你的机智武略，定不会空手回来。贫道当时说过，高平关取人头不过两个月，今日算来，恰是此数。"

赵匡胤施礼道："此次能借到人头，与大家的相助是分不开的。我按王军师的指教，把向高老鹞取人头，变成借人头，高老鹞听了没有生气，还微微笑了笑。"

苗光义听了，不由得一阵狂笑道："一个'借'字，把高老鹞说乐了，赵将军你这一趟真不容易啊！"

这时，晋王柴荣问过归来兵马安营扎寨的地点后，写了本章说赵匡胤高平关借人头归来，明日入朝复旨，又命侍兵们设宴为赵匡胤诸人接风洗尘。赵匡胤将杜二公、董氏兄弟都传来与晋王、苗光义见礼，一同入席畅饮。赵匡胤思念家人心切，应酬完后回到双龙巷看望家人，自不多叙。

几日后，周太祖郭威早朝，问柴荣道："你所呈奏章朕看到了，你说赵匡胤借了高老鹞人头回来复旨，他真的借来了？"

柴荣点头道："借来了，赵匡胤现就在门外候旨。"

郭威脸现阴云道："借高老鹞的人头可不是件容易的事，这里面……传赵匡胤进来。"

黄门官宣赵匡胤、郑子明、潘仁美进殿，赵匡胤拜毕奏道："臣等三人奉命二打高平关，借高老鹞人头回来复命。"

郭威大半生只怕高老鹞，今天赵匡胤轻而易举借来人头，他有些不相信，仰着脸嘿嘿冷笑道："高老鹞一生除了稍怯火山王杨衮外，他还怕过谁？你三千人能逼得高老鹞自刎了？"

听出郭威对自己还是不信任，存有戒心，赵匡胤在心底不禁哼了一声，郭威，你若以人头是假来加害于我，我赵匡胤必使你逊位，拥戴柴荣取代你。所以他今日语气很强硬，冷冷一笑道："陛下，我连三千人马也没有用，是裨将单枪匹马去叫阵打关的。"

郭威更不信了，又嘿嘿冷笑的时候，潘仁美开口道："陛下，赵将军说得没错，他让臣与郑将军在高平关城东三十里驻扎等待，由他一个人去打关。"

潘仁美的话，证实赵匡胤单枪匹马去打关是真，郭威才不复再言。

郭威眼望赵匡胤道："你把人头拿来让朕看看。"

手提人头候在殿门外的赵匡胤侍卫，听到传旨承御官的召唤，进至殿堂。近侍内臣趋步过来，揭开木箱子，拿出人头放在一个御用盘子里，两手端着放到御案上道："请陛下龙目验视。"

郭威心里有点怯，试探着伸手掀去蒙在那颗人头上的红布，左看右看审视一番道："这真是高老鹞的人头？"

赵匡胤顿时满腹怒火直冲脑门，临清王舍下家人和十万将士，把命都献出来了，你郭威居然怀疑人头的真假。他气得胸脯一挺，就要上前与郭威理论之时，望见柴荣目视他要冷静，急忙压住不断上涌的怒气道："若人头是假的，裨将愿领死罪。"

关键时刻军师王朴站出班列道："高行周为何叫高老鹞，因为他头上长了个肉瘤子，形状酷似一只鹞鹰。陛下，您可以看看有没有这样的肉瘤子，有就是真的，没有便是假的。"

依照王朴说的，郭威又把那颗人头翻看了一遍，果见有个肉瘤子，确信是高老鹞，不觉一脸阴云尽散，总算除掉了高老鹞。想到这里，他突然大发雷霆，手指人头吼道："高老鹞，你这个老匹夫也有今日！过去你不是挺威风的吗？在刘知远、刘承祐跟前说朕的坏话，滑州之战你围困朕半个多月。今天落到朕的手上，你的威风哪里去了？说呀，说呀，呸！"

郭威朝人头一口唾去，唾沫带出来的风，把披在人头脸上的头发、胡须吹得飘动起来，没有闭合的眼睛也露了出来，怒目圆睁，甚是凶恶。郭威以为高老鹞显灵了，顿时吓得哎呀一声昏倒在地。满朝文武不知所措，一迭声叫着："陛下醒醒！陛下醒醒！"乱作一团。贴身太监赶忙跑到后宫禀报皇后柴一娘："皇后娘娘，不得了了，皇上他……他他他昏倒在殿堂了。"

闻听此言，柴一娘惊恐万状道："快领本宫去看看。"太监应了一声，搀扶着柴一娘来到殿堂。柴一娘命人把郭威抬回后宫，又传来御医治疗。郭威慢悠悠地醒过来，只说了一声"吓死朕了"，就永远地闭上了眼睛。

死老鹞就这样生生地把个郭麻雀给吓死了。

第十一回

后周完结五代寿终　黄袍加身天下归宋

郭威死在寝宫，在位三年，寿五十三岁。柴皇后、柴荣大恸不止。丞相范质、检校太师冯道躬身施礼，劝柴皇后、柴荣节哀道："皇上晏驾，天下震动，以臣等之见当立新主，以承国统，以防他变。"

军师王朴也同样担心国家安危，与范质、冯道呼应，力主晋王柴荣承袭皇位。柴荣于枢前即皇帝位，史称后周世宗。

周世宗柴荣当天在文德殿诏见群臣，改元显德元年（954）。尊柴一娘为皇太后，册立妻子符氏为皇后，封冯道为太师，其余僚佐暂行原职。

依照自古以来的朝制规矩，但凡军国大事，皇帝柴荣须得先禀明太后然后宣布执行。他本想封赵匡胤和郑子明等人重要官职，皇太后不同意："赵匡胤射先帝一箭，虽是印在水面上的身影，也说明他憎恨先帝，待平定唐和汉后，随您封去。"

封官的事就这样搁下了，柴荣见了赵匡胤和郑子明以御弟相称。

郑子明除了宾服赵匡胤，谁也不服。赵匡胤担心郑子明闲来无事会惹出什么是非来，便让他先住到自己家。

这天下小雨，哥俩窝在屋里，郑子明问道："二哥，柴大哥原说做了皇帝封你为王，封我为侯，但近日不见动静，敢是忘了不成？"

赵匡胤道："皇上没有忘记，是皇太后说平定唐和汉之后再封。"

这让郑子明有些不大高兴，他对赵匡胤道："这老太婆想抹杀你我的功劳吗？封王封侯，是咱们拿命赚来的，碍她什么事？待咱找她去理论理论。"

见郑子明抬脚往外走，赵匡胤先喝一声"站住"，然后走上前去将他拉回来，按到座位上。郑子明说话做事一贯粗放，不讲究礼仪，长久下去会出大事的。想到这里，赵匡胤对郑子明道："三弟，你知道二哥为什么不让你去吗？"

郑子明很有些气，一言不发。

赵匡胤先自淡然一笑，然后很快绷起脸道："因为你说话没有分寸，不仅办不成事，而且还会坏事。从今天起，你得学点官场礼仪，说话做事要讲究场合。"

郑子明依然不出声，过了半天才勉强点了一下头。

就在这时，翰林承旨使来传旨，诏赵匡胤、郑子明等将军上朝见驾。赵匡胤不知出了何等大事，骑一匹快马入宫觐见柴荣。礼毕，柴荣把北汉刘崇送来的战表拿给赵匡胤看，说是要灭周兴汉，为刘承祐报仇。柴荣问赵匡胤道："刘崇想趁朕初立，来夺我中原，御弟你看该如何应对？"

赵匡胤微笑道："一个刘崇不足为惧，臣担心的是刘崇若要与契丹结成联盟，共同南来。契丹人惯于骑射，我们不好对付，但也不必过于惊慌，可据具体情况酌情出兵御敌。"

事关社稷安危，柴荣不得不重视了，当天就召集部分僚佐殿议北边战情："刘崇送来战表……"

他一语还未说完，侍卫就来通禀："潞州节度使遣使来朝，要见陛下。"

周世宗柴荣点头道："允他觐见。"

使者趋步进得殿来，禀报说刘崇与契丹元帅耶律奇率兵犯边，请朝廷速派兵驰援。柴荣听了，心头掠过一丝恐慌，眼睛看向苗光义和赵匡胤。此时郑子明高大身躯一晃，大声道："陛下，点将吧，定让他们有来无回。"

周世宗柴荣道："郑将军勇气可嘉，然也不要低估了刘崇的实力。侦探报说，火山王杨衮也站到他那边去了，还有河东十三令公，全是沙场老手，万不可小看了他们。"

郑子明用轻蔑的目光扫视一下左右同僚道："刘崇帐下能有什么高人？连那高老鹞都死在我们手上了，他能比高老鹞还高？"

殿堂里嘻嘻哈哈一片笑声。

赵匡胤也笑了笑，很快就端正身形道："刘崇这几年养精蓄锐，本身不弱，又有契丹骑兵的配合，要胜他可不容易。现在不管他们往哪里打，我们要摸清楚对方的兵力部署，先打下天井关、余塘关这些占有地理优势的关隘，然后一步步削弱他，既而打败他。"

柴荣登上皇帝宝座后，王朴就告老还乡了，柴荣封苗光义为军师，这会儿他也说话了："兵法上说善于打仗的人，是先让自己修炼成不可战胜的人，然后等待破敌时机，方可一战胜敌。"

赵匡胤问道:"苗军师,面对刘崇的挑衅,我们现在需要如何应对?"

苗光义笑道:"打仗,必得精兵强将。现下,应加强演阵练兵,四海之内选拔良将。愿保周灭汉的,均可量才录用。"

柴荣点头准奏,下旨晓喻州府各县,举荐人才。

令人想不到的是,高老鹞之子高怀德也来应招。柴荣派人把他看管起来,要报父仇,让高怀德父债子还。赵匡胤暗暗叫苦,若是斩了高怀德,我怎么对得起临清王?不行,我就是拼死也得救下高怀德。但他先没吭声,只拿目光示意苗光义。苗光义心领神会,上前奏道:"陛下,上次朝会议定,不论什么人,只要有才,就要量才录用,您怎能这样对待高怀德呢?"

柴荣怒发冲冠,呵斥道:"朕作为一国之君,连父仇都报不了?"

苗光义道:"陛下,请允许臣再说几句话。"

柴荣不言语,示出一个允许的手势。

苗光义道:"陛下与高家之仇,是私仇,现在为国家录用人才,是天下之公,怎可因私废公呢?"

周世宗柴荣低下头想了半天道："校场比武，他要是武艺第一，朕就饶了他。走，都到校场去。"

果不出所料，所有前来争夺先锋印的人，都败在了高怀德的手下，柴荣这才既往不咎。

柴荣决定御驾亲征，除了军师苗光义侍驾之外，命赵匡胤为元帅，郑子明为副元帅，高怀德为先锋，张永德为监军，张光远、罗彦威等将领随军听用。于这年三月末从孟津过了黄河，驱兵直进与北汉将领刘旻战于高原，追击至高平，刘旻败逃。王师一鼓作气北进攻克晋阳。忻口之战，先锋指挥使史彦超战死之后，几经胜负，最终平定北汉。周世宗柴荣班师回朝，大封功臣，封赵匡胤为南宋王、郑子明为汝南王、张光远为庆平王、罗彦威为庆道王，封张永德为殿前都点检（是皇帝亲军的最高长官），董氏兄弟和杜二公也封了将军之职，丞相范质、学士窦仪、太师冯道等职务不变。另外，加封王苞、赵普为左右丞相。经赵匡胤保奏，将高平关兵马纳入王师编制，乐元福等将领职务如故。

来自平民百姓阶层的周世宗柴荣，一心想把国家治理好，他说如果我柴荣治理不好后周，那我就不是柴荣了。他采纳群臣意见，勤政恤民，休养生息，国中大治，成为后周最鼎盛的时期。

春去秋来，时光忽忽来到显德六年（959）夏，有人在农田间捡得一根木板，二三尺长，上书"点检做天子"一语。周世宗柴荣心里犯疑，要斩张永德。张永德两只泪眼哭诉道："是有人陷害臣，请陛下明察。"

柴荣诏来苗光义问道："军师，你说如何处置？"

对此，苗光义紧锁眉头，始终不语。

鉴于此情，柴荣也不再问，下令斩了张永德，改任赵匡胤为殿前都点检之职。

显德七年（959）六月末，柴荣生病，不久驾崩于慈德殿，群臣哀号悼念这位"五代十四君，世宗更神明"的皇帝。

老主晏驾了，得立新主，丞相范质等扶植梁王即位于枢前，是为后周恭帝。他是柴荣第四子，名叫柴宗训，时年七岁。

后周恭帝初年，原北汉刘崇的后人河东节度使刘筠与契丹勾连，大兵犯境，北境事态紧急。垂帘听政的符太后召集群臣商讨对策，丞相范质出班奏道："刘筠与契丹实力强大，眼下除了赵点检没有人能敌。"

符太后听了，命赵匡胤为元帅出征御敌。赵匡胤调遣任职各州府的将领张光远、罗彦威、石守信、王审琦、杨廷翰、李汉升、高怀德等齐集校场，点起几万兵马出了京城。走到陈桥驿，驻扎驿门之外等待饭食之时，有的兵卒说主上年幼，我们阵前出力，有谁会关心我们这些将士的死活呢？如果符太后他们能像殿前都点检那样，爱护下属就好了。在旁的人三三两两围过来，附和道："是是是，我们不如拥立点检赵匡胤为天子，然后再进兵。"

你一声，我一声，"点检赵匡胤做天子"的话不久便传遍了军营。眼见军心动摇，将军赵廷玉怕出事，跑来找高怀德。高怀德吓了一跳，他觉得事关重大，急命都尉李处去请赵匡义来商议，但赵匡义说赵匡胤历来以忠义为怀，恐他不从。他们说的这些话全被赵普听到了，赵普道："方今主少国疑，拥立点检为君，天下定也。你等快去准备，明日一早行事。"

是日夜里，赵匡胤在中军大帐歇息。第二天天色微明，众将直入帐中道："我们已共同议定，愿拥立点检为天子。"

赵匡胤闻言大惊，急忙召来赵匡义问道："是你的主意吗？"

赵匡义摇头否认道："不是我，是赵普。"

赵匡胤马上又召来赵普，怒声责问道："你怎敢这么做？这让我如何对得起柴大哥？"

二人说话之际，石守信便将一件黄袍披到赵匡胤身上，众人当即山呼万岁下拜。赵匡胤坚辞不受道："你等这样做，不是要使我背不义之名吗？"

石守信恭敬施礼道："拥立点检为天子，看起来是人为，实乃天意，天意不可违。"

赵普接过石守信的话道："当今之势，点检有神武之略，定能安邦定国。"

事已至此，赵匡胤摇头叹息多时，下令兵马回京，从仁和门入城。侍卫亲军副指挥使韩通，闻知陈桥兵变，请旨太后亲率禁军勤王，与从仁和门入城的兵马展开巷战，被禁军教头王彦升一刀砍死，禁军悉数投降。在赵普的统筹安排下，选定吉日，赵匡胤头戴展脚幞头，身着龙袍，面北受命。众幕僚将赵匡胤拥至文德殿，接受朝贺，史称太祖皇帝。

太祖皇帝赵匡胤拟定国号为宋，改元建隆元年（960），大赦天下。

赵匡胤不忘周世宗柴荣之谊，尊符太后为周太后，柴宗训逊位，封为郑王，子孙世袭此职。

是月末，赵匡胤下诏以赵光义（赵匡义避皇帝讳改名赵光义）为殿前都虞候，封苗光义为护国军师，范质、王薄为中书门下平章事，赵普为枢密学士，彦薄、庆寿为龙提右厢都指挥使，石守信、张光远为侍卫亲军都指挥使，郑子明、高怀德为列侯并领节度使之职，其余如董氏兄弟等将领均封参军之职。

作为一代政治家、军事家出现在历史舞台上的赵匡胤，是年三十四岁，春秋正盛，踌躇满志，采用军事征服与政治抚慰，很快结束了五代纷争的局面，随之在丞相赵普的辅佐下，开疆拓土，宾服四夷——平定南方诸国和北方刘氏反叛势力残余，南北一统，治国济民，四海稳定。

宋太祖赵匡胤在位十六年，五十岁身故。兄终弟及，赵光义承袭皇位，共传十八帝，历时三百一十九年。各代传承都谨遵赵匡胤制定的祖宗家法行事，未出现大的危机，可以说有宋一代，是个比较稳定的王朝，但是由于重文轻武，军事实力方面不像汉唐那样强大。

后 记

一年前，我随意浏览《旧五代史》《新五代史》，想起高行周镇守高平关时的一些传说往事。

高行周是残唐五代时期的名将，后汉太祖刘知远差遣他镇守地处河东高平西南老马岭上的高平关。时任邺都留守郭威起兵推翻后汉建立后周做了皇帝，因为与高行周两人外号相克，曾经多次谋划想除掉他，诸如发兵攻打高平关、迫使赵匡胤借人头的事就都发生在高平关，所以我就以《高平关》为题，创作了这部长篇小说。

这部小说的内容，一半是实，一半为虚，既有史实，也有传说。

就其实而言，是指小说中所涉及的人物有名有姓，有传记，在五代史里有记载，是真实的历史。

就虚来说，小说在五代风云变幻的特定历史情境下，合理想象，虚构了一些人物和事件，同民间传说融为一体，以增强小说的故事性、趣味性。

20世纪70年代，我曾在高平工作过10年，不止一次盘桓在老马岭，极力想象着那些淹没在历史尘埃中的高老鹳镇守高平关的传说故事，极力想象着赵匡胤单枪匹马到高平关借人头的情节，心中感叹不已。

今之高平关虽远不是后汉、后周时期的高平关了，但有关高平关的传说依然广为流传，甚至被豫剧、湘剧、汉剧、秦腔、上党梆子等10余个剧种搬上戏曲舞台，成为经演不衰的传统剧目。

在创作和出版这部小说的过程中，我得到了山西省文明办姜鹏辉、山西云媒体王斌、太原市委讲师团师建中、晋城市教育局张保福和山西人民出版社编辑吕绘元等同志的大力支持和帮助，在此一并表示感谢。

客观地讲，由于自身精力和写作水平有限，小说难免有不尽如人意之处，敬请读者批评指正。

毋福珠

2023 年 5 月 10 日